Vogelfrei Taschenbuch

verlag vogelfrei

Schauplätze des Geschehens:

Das Rhein-Main-Gebiet, Frankfurts Vororte Fechenheim und Oberrad, die Vogesen als Nebenschauplatz und die Rhön: Hofbieber, die Milseburg, Steinbach.

Der Autor

Peter Ripper, Jahrgang 1954, ist selbstständiger Werbefachmann, Gitarrist bei einer Frankfurter Rockband und begeisterter Motorradfahrer.

Er lebt in Langenbieber in der Rhön und in Frankfurt am Main.

36145 Hofbieber
Internet: www.vogelfrei-verlag.de

Umschlaggemälde: Sergej Kasakow · www.kasakow-kunstmalerei.de
Lektorat: Stefanie Reimann, Frankfurt am Main
Druck: Druckreif GmbH, Frankfurt am Main
Umschlaggestaltung: Peter Ripper
Satz: SLG Satz, Layout, Gestaltung, Frankfurt am Main, 0177/3098536
ISBN: 978-3-9812188-2-4
1. Auflage

Peter Ripper

Karlo und der zweite Koffer

Kriminalroman

verlag vogelfrei

Vorwort

Haben Sie schon einmal gute Vorsätze gefasst? Tja, dann wird das bestimmt zu irgendeinem Jahreswechsel gewesen sein. So, wie es jedes Jahr bei vielen von uns eine – wenn auch zuweilen lästige – Tradition geworden ist. Es gibt jedoch Menschen, bei denen es nötig scheint, diese guten Vorsätze des Öfteren zu fassen. Und die sich unaufhörlich vornehmen: Beim nächsten Mal wird alles ganz anders! Und was passiert? Es kommt schlimmer als zuvor! Diese Menschen können durchaus liebenswert sein. Und viele gute Freunde haben. Und haben Sie nicht vielleicht schon selbst über einen Menschen, der Katastrophen und skurrile Ereignisse am Fließband produziert, gesagt: „Wenn es den nicht gäbe, müsste man ihn glatt erfinden"?

Nun, mit dem Erfinden ist das so eine seltsame Sache. Denn auch beim Erfinden schöpft man aus Vorhandenem. Auch und gerade beim Schreiben. Unsere Gedanken entstehen ja nicht aus dem Vakuum. Wir alle machen unsere Erfahrungen. Mit anderen Menschen, mit uns selbst und mit dem Leben im Besonderen. Und das, was uns wichtig scheint, was wir liebgewonnen haben und nicht zuletzt auch das, was uns Angst macht oder erschreckt, gräbt sich in unsere Erinnerung ein. Und der eine oder andere schreibt es möglicherweise dann auf und spinnt eine Geschichte daraus.

Die genau so vielleicht nie passiert ist. Die aber, wenn die Wirklichkeit nur ein klein wenig anders verlaufen wäre, durchaus hätte auf diese Weise passieren können.

Aber lesen Sie selbst ...

Prolog

Es duftete nach Frühling. Kuhl konnte es nicht nur mit der Nase wahrnehmen. Er konnte es mit dem Herzen, mit der Seele riechen. Schon heute Morgen, als sie auf der Terrasse der kleinen Ferme-Auberge gefrühstückt hatten, schwebte dieses magische Gefühl über der kleinen Gesellschaft. Auf dem langen rustikalen Tisch standen Kaffee, frische Croissants, wunderbar luftiges Baguette, wie es nur in Frankreich zu bekommen ist, in der Nachbarschaft hergestellte Landbutter und köstliche Marmelade. Sie hatten in der zarten Wärme der ersten morgendlichen Sonnenstrahlen ihr *petit déjeuner* genossen und dabei den munteren Rufen der Meisen gelauscht. Und ihre vor der Terrasse geparkten Motorräder bewundert.

Nun war es halb zehn geworden und Wolfhard Kuhl fuhr vorneweg. Deshalb war er auch der Erste, der Sainte-Marie-aux-Mines verließ. Als die anderen sechs Motorradfahrer noch das Ortsausgangsschild lesen konnten, gab Kuhl im Auslauf der ersten Linkskurve nach der malerischen Ortschaft schon kräftig Gas. Jetzt war alles perfekt. Er fühlte sich trotz seines beachtlichen Leibesumfanges fast schwerelos. Eine berauschende Mischung aus dem wilden Rock'n'Roll seiner frühen Jugend und der tiefen Erkenntnis eines mittlerweile reiferen Lebensabschnitts erfüllte ihn. Es war eine gute Idee gewesen, mal wieder in die Vogesen zu fahren, dachte Kuhl.

Es waren aus terminlichen Gründen zwar nicht alle Mitglieder bei der jährlichen Ausfahrt des Motorradclubs dabei, ein Dutzend oder mehr Leute ließen sich eben selten unter einen Hut bekommen. Aber egal, sinnierte Kuhl glücklich, diejenigen, die dabei waren, würden das verlängerte Wochenende genießen. Zumal die Daheimgebliebenen zwar recht traurig, aber keineswegs böse waren, dass es für sie diesmal nicht geklappt hatte.

Es war so gegen zwölf Uhr und ein gewaltiger Hunger machte sich in Kuhls mächtigem Leib breit. Als er das Gasthaus auf dem Col de la Charbonnière erblickte, erfüllten ihn heimatliche Gefühle. Es war vor drei Jahren, als die Motorradfahrer hier ebenfalls in der Mittagszeit eine Pause eingelegt hatten. Damals wurden sie zu Kuhls großer Freude aufs Beste kulinarisch versorgt. Wo es gutes Essen gab, war Kuhl zuhause. Man erinnerte sich noch lebhaft an seinen ehrfürchtigen Gesichtsausdruck, als er die liebevoll und mit dem Stolz eines leidenschaftlichen Gastwirtes angerichtete Schlachtplatte erblickt und mit vor Wonne vibrierender Stimme verkündet hatte: „Das ist kein Essen, nein, das ist ein Kunstwerk."

Kuhl steuerte, wie von unsichtbaren Fäden gelenkt, geradewegs den Parkplatz dieses Gasthauses an, und ohne dass es verabredet gewesen wäre, war niemand erstaunt darüber oder hätte gar etwas einzuwenden gehabt gegen Kuhls Entscheidung.

„Willst du nicht erst nach deinem Ölstand gucken?" Herbert Reinfeld, Inhaber einer kleinen metallverarbeitenden Firma in Dietzenbach, war von seiner Moto Guzzi California abgestiegen und schaute mit gespieltem Spott auf den Motorblock von Kuhls gelber BMW. Kuhl hatte diese Maschine noch nicht sehr lange und war sehr stolz darauf. Zu seinem Leidwesen allerdings lag der Ölverbrauch ziemlich über dem Durchschnitt, und so musste er den Ölstand häufiger kontrollieren. Er hatte die Maschine in der Werkstatt durchchecken lassen, doch der Werkstattleiter hatte ihm lapidar beschieden, das sei normal, und nach den ersten fünfzehntausend Kilometern würde sich der Ölverbrauch schon einpendeln. Etwas träge nahm sich Kuhl die Freiheit, der Aussage des Mechanikers Glauben zu schenken. Allerdings hatte ihm das bei seinen Kumpels den Spitznamen „Der Ölprinz" eingebracht. In aller Freundschaft, versteht sich.

„Blödmann", gab Kuhl gutmütig zurück. Er schloss seine Maschine ab und deponierte seinen Helm in der rechten Packtasche. Dann öffnete er den Reißverschluss seiner Motorradjacke und stiefelte, voller erwartungsfroher Gedanken an lockende kulinarische Verheißungen, auf die Eingangstür zu.

So roch er es dann auch als Erster, und es traf ihn wie ein Axthieb.

Käse!

Warmer, ach was, viel schlimmer, heißer Käse!

Was alleine und für sich betrachtet durchaus nichts Bedrohliches hatte. Wer aber Wolfhard Kuhl näher kannte, wusste, dass nun ein persönliches Desaster seinen Lauf nahm. Kuhl ekelte sich vor dem aromatischen Milchprodukt. Er aß, wie er sich auszudrücken pflegte, keine verfaulte Milch. Gute Freunde sprachen bereits von einer ausgeprägten Käsephobie. Und ausgerechnet er rannte nun gegen einen gigantischen Wall heißen Käseduftes. Nichts auf der

Welt hätte ihn in diesem Augenblick über die Schwelle des Restaurants gebracht. Was war passiert? Nun, eine Gesellschaft sich angeregt unterhaltender Franzosen frönte einem ausgedehnten Käsefondue, nichts ahnend von den Nöten eines gleichermaßen hungrigen wie nun auch angeekelten Motorradfahrers aus Deutschland.

Kuhls Sohn Gerri war der Jüngste in der Gruppe, dreiundzwanzig Jahre alt und der Erste, der bemerkte, dass mit seinem Vater entschieden etwas nicht stimmte. Und prompt begann dieser dann auch zu toben: „Das gibts doch nicht, das ist doch eine unglaubliche Sauerei! Los, wir fahren weiter!"

„Jetzt reg dich nicht auf, Dickerchen, du kriegst schon früh genug Nachschub." Mit leicht spöttischem Lächeln, aber durchaus liebevoll, hatte Gerri Kuhl seinen Arm um die Schulter seines Vaters gelegt. Die Anspielung auf die Wohlstandsfigur seines Erzeugers war keineswegs despektierlich gemeint, sondern vielmehr der Ausdruck eines freundschaftlich-ironischen Verwandschaftsverhältnisses. Kuhl hielt kurz inne und schaute traurig an sich herab. Seine Blicke huschten flüchtig über die ihm eigene umfangreiche Leibesmitte, um dann schließlich bewundernd an der tadellosen Figur seines Sohnes hängenzubleiben. Dann übermannte ihn wieder der Zorn, und er begann aufgeregt mit den Armen zu rudern.

Jochen Schwarz hatte seine kräftigen Arme vor der Brust verschränkt und lehnte an seinem Motorradgespann, einer umgebauten BMW K1200. Er richtete seinen verzweifelten Blick erst auf Wolfhard Kuhl, dann in den fast wolkenlosen Himmel.

„Jetzt mach dir mal nicht ins Hemd, Kuhl. Es gibt ja noch andere Kneipen in der Gegend. Halten wir eben bei der Nächsten. Ist doch halb so schlimm."

Demonstrativ hatte er nach seinem Helm gegriffen, den er im Seitenwagen abgelegt hatte. „Wir haben erst viertel nach zwölf", versuchte er den bitter enttäuschten und aufgeregt herumstapfenden Kuhl zu beruhigen.

Doch es sollte noch schlimmer kommen.

Nach dem Vorfall mit dem Käsefondue hatten die Biker schon eine halbe Stunde später eine kleine Auberge mit Restaurant gefunden und saßen mittlerweile bei einem abschließenden Kaffee. Die Mahlzeit war den nun übermächtig gewordenen Erinnerungen Kuhls an die mittägliche Verpflegung von vor drei Jahren zwar nicht gerecht geworden. Das Essen war jedoch vorzüglich gewesen. Schwarz rieb sich seinen Bauch und dachte mit schlechtem Gewissen daran, dass er eigentlich abnehmen sollte. Diese Überlegungen verscheuchte er jedoch schnell wieder, strich seinen Schnurrbart glatt und sann darüber nach, ob er zur Verdauung noch einen Obstler trinken sollte. Mit dem Gespann konnte er ja nicht umfallen. Kuhl riss ihn aus seinen Gedanken.

„Du lieber Himmel, ich wollte doch noch zuhause anrufen. Das hab ich ja ganz vergessen!"

Wolfhard Kuhl war aufgesprungen und schaute schuldbewusst in die Runde.

„Die haben bestimmt irgendwo ein Telefon hier."

Kristin Kuhl, seine Frau, war daheim geblieben, weil sie Dienst hatte. Sie arbeitete als Krankenschwester in Offenbach, und es war oft nicht einfach, ihren Dienstplan und die arbeitsfreie Zeit ihres Mannes unter einen Hut zu bekommen.

Kuhl lief suchend durch den Gastraum, und er hatte Glück, sogleich auf den Deutsch sprechenden Inhaber der

Auberge zu treffen. Die Französischkenntnisse Kuhls bewegten sich in engen Grenzen. Kurz darauf hielt er den Hörer in der Hand und lauschte dem Freizeichen.

„Kuhl, hallo? Ah, Kristin. Entschuldige bitte, dass ich nicht gleich ... was? Moment mal, langsam, noch mal ganz von vorn."

Kuhls Gesicht war ernst geworden, er schaute fast schon erschreckt. Im Laufe von Kristins Schilderungen nahm dieser Schrecken bemerkenswert zu. Als er wieder vor dem Tisch mit seinen Freunden stand, war er weiß geworden wie ein Leichentuch.

Jochen Schwarz schaute ihn belustigt an.

„Was ist los, Kuhl, hat sie sich in deiner Abwesenheit scheiden lassen? Sei doch froh, dass ..."

„Mensch, hör auf damit, du Arsch, bei mir zuhause ist eingebrochen worden!"

„Was? Eingebrochen? Ach du liebe Zeit, ist Kristin was passiert?" Schwarz schaute betroffen und fuhr sich verlegen mit der Hand durch die dunklen Haare.

„Nein, ihr ist zum Glück nichts passiert. Jemand ist in meine Werkstatt eingebrochen, während Kristin Nachtdienst hatte. Alle meine alten Motorräder sind geklaut worden!"

„Ach du Scheiße, das kann doch nicht sein! Warst du wenigstens versichert?"

Kuhl schwieg und schaute unglücklich in die Runde.

„Nein, oder?" Herbert Reinfeld fixierte Kuhl beschwörend. „Du musst das Zeug doch versichert haben. Das ist gewiss ein Haufen Geld wert. Ganz abgesehen von deinen Arbeitsstunden, die in der Restaurierung stecken. Sag mir, dass das nicht stimmt!"

„Natürlich waren die Sachen versichert. Was denkst du

denn? Aber das, was es wirklich wert ist, die ganze Arbeit, die da drin steckt, das gibt mir doch keiner wieder. Ich will kein Geld, ich will meine Motorräder!"

Es waren ausnahmslos echte Museumsstücke, die Kuhl in seiner Werkstatt liebevoll restauriert und aufbewahrt hatte. Unter anderem gab es da eine Megola, eine Wanderer, ein D-Rad, eine Horex Regina 400 und unzählige Ersatzteile für die entsprechenden Fahrzeuge. Alles mühsam zusammengesucht, in Internetauktionen oder auf Veteranen- und Teilemärkten, teils sogar aus dem osteuropäischen Ausland. Schon des Öfteren hatte Kuhl gute Angebote für die fertig restaurierten Stücke seiner Sammlung bekommen. Doch Kuhl, der alte Sammler, wollte seine Schätzchen lieber nicht verkaufen.

Und nun war alles weg!

Vorbei war es mit der frühlingshaften Leichtigkeit. Vergessen war auch der Käseschock. Die Freunde waren in ihr Hotel zurückgekehrt, und Kuhl stopfte seine Siebensachen in die Motorradpacktaschen. Er hatte den anderen zu verstehen gegeben, dass es ihm schon recht wäre, wenn sie ihre freien Tage in den Vogesen noch bis zum Schluss genießen würden. Allerdings ohne ihn. Sie könnten ihm zuhause doch nicht helfen. Er aber wollte so schnell wie möglich zurück, um sich alles anzusehen, und überdies auch mit der Polizei zu sprechen.

Ein Gespräch mit der Polizei war von ihm eigentlich schon geführt worden. Die Motorradfreunde befanden sich während dieser Reise nämlich in Begleitung eines Polizisten. Karl Einser, Hundeführer bei der Polizei und ebenfalls Mitglied im Club, freute sich über ein dienstfreies Wochenende und hatte sich kurzerhand auf seinen japanischen Chopper geschwungen, um mit auf Tour zu gehen. Einser stand Kuhl nichts nach in puncto Körperfülle. Mit seinem Vollbart und dem zurückgekämmten störrischen Haar, das in einem kleinen Pferdeschwanz endete, musste er für potentielle Rowdies ein überaus abschreckendes Bild bieten. Kuhl hatte ihn schon öfter mit seinem Diensthund gesehen, sich dabei jedoch zuweilen gefragt, ob Einser den Hund wirklich zur Unterstreichung seiner Autorität brauche. Mochte Einser auch gefährlich wirken, er war gleichwohl ein zuverlässiger Freund. Seine erste Reaktion, nachdem er die unangenehme Nachricht vernommen hatte, war Kuhl anzubieten, mit ihm zurückzufahren. Kuhl war wohl gerührt von der Anteilnahme, doch wollte er dem Freund den Kurzurlaub nicht verderben und redete Einser daher die gutgemeinte Idee wieder aus. Wenn der oft ungünstige Dienstplan des Polizisten schon mal passte, dann sollte Karl die freie Zeit auch genießen.

Als Kuhl mit seinen Packtaschen vor die Auberge trat und auf seine Maschine zusteuerte, sah er Gerri schon auf seiner fertig gepackten Suzuki sitzen. Den Helm hatte er vor sich auf dem Tank abgelegt. Kuhl setzte seine Koffer ab und wollte etwas sagen, aber Gerri winkte ab.

„Ist schon okay. Ehrensache, dass ich mitkomme."

Kuhl schaute seinen Sohn prüfend an. Irgendwas an ihm ließ ihn zögern.

„Sag mal, stimmt etwas nicht mit dir? Du wirkst irgendwie – wie soll ich sagen – anders als sonst?"

Gerri spürte, wie ihm das Blut in die Wangen schoss. Er bemerkte die misstrauischen Blicke seines Vaters und wich diesen verlegen aus.

„Quatsch!" Er schüttelte leicht den Kopf, griff nach dem Helm und stülpte ihn hastig über seinen knallrot gewordenen Kopf.

Schulterzuckend klickte Kuhl die Koffer ans Heck seiner gelb-schwarzen BMW. Er drückte die Maschine vom Hauptständer und warf sich auf die Sitzbank. Der hintere Stoßdämpfer nahm ächzend seine schwere Arbeit auf. Fast schien es, als stöhne das Motorrad auf.

„Hast du den Dämpfer immer noch so weich gestellt? So könnte ich einfach nicht fahren." Gerri schüttelte verständnislos den Kopf.

„Ich brauche es eben bequem. Du kannst dir meinetwegen die Nieren durchschütteln lassen."

Wolfhard Kuhl kickte den ersten Gang rein, drehte sich mühsam um und nickte seinem Sohn zu.

„Na dann los, bringen wirs hinter uns!"

Dienstag, 20. Mai

1

„Was willst du überhaupt mit den alten Säcken? Das ist doch megalangweilig, die schieben ihre Mopeds doch durch die Kurven!“ Tom wirkte verständnislos.

„Jetzt halt aber mal die Luft an!“ Gerri Kuhl gab sich entrüstet. „Erstens ist das schon ganz okay mit den alten Säcken. Zweitens fahren die meisten von denen ganz flott.“ Er machte eine kurze Pause, musterte sein Gegenüber ernst und gab dann hinzu: „Und drittens sind da zwei oder drei dabei, da könntet ihr euch warm anziehen, um dranzubleiben, das kann ich euch flüstern.“

„Ach, so ein Quatsch, das kannst du sonst wem erzählen. Fahr am Wochenende lieber mit uns weg.“

Wolfhard Kuhls Sohn war leidenschftlicher Motorradfahrer. Ab und zu traf er sich mit ein paar Gleichaltrigen. Einige davon besaßen ebenfalls ein Motorrad oder waren wenigstens interessiert an dieser Art der Fortbewegung. Bei Tom herrschte traditionell ziemliche Ebbe in der Kasse. Deshalb besaß er auch kein eigenes Zweirad. Bei gemeinsamen Ausfahrten saß er deshalb meist auf einem freien Soziussitz. Dieses Mal bangte er um die Teilnahme am gemeinsamen Ausflug. Gerri war der Einzige, der noch einen Platz freigehabt hätte. Der allerdings hegte dieses Mal andere Pläne.

„Tom, das geht nicht, ich hab doch schon das Zimmer gebucht. Und warum auch? Ich will unbedingt mal wieder nach Frankreich. Da war ich schon ewig nicht mehr. In den Vogesen gibts Wahnsinnsstrecken, sag ich dir."

Tom Krause schaute Gerri Kuhl verlegen an.

„Und was mache ich? Du bist doch der Einzige, bei dem noch ein Soziusplatz frei ist. Und jetzt fährst du nicht mit. Das find ich komplette Scheiße. Mann, im Vogelsberg gibt es doch auch coole Strecken."

„Dann such dir endlich einen Job, damit du dir eine eigene Maschine kaufen kannst." Für einen Moment wirkte Gerri ärgerlich. Dann siegte seine Gutmütigkeit.

„Also gut, okay!"

Nach einem Augenblick des Zögerns schaute er Tom an. „Du kannst meine alte Kawasaki haben, die ist immer noch nicht abgemeldet, ich hatte noch keine Zeit dazu. Aber nur fürs Wochenende."

Er brach kurz ab und blickte zögernd in Toms Gesicht. „Du musst mir aber versprechen, dass sonst niemand damit fährt. Und am Sonntagabend steht sie wieder in der Garage."

„Super! Das find ich echt okay von dir."

Aufgeregt strich Tom sich über seine kurzen dunkelbraunen Haare. „Das ist ja noch viel geiler als hintendrauf. Dann musst du mir aber auch die Papiere geben, am besten noch heute Abend."

„Okay. Wir treffen uns um acht bei Toni in der Pizzeria, ich bin sowieso in Fechenheim. Dann kriegst du die Papiere und den Garagenschlüssel. Meine Alten müssen nicht unbedingt etwas davon mitkriegen. Und das bleibt bitte auch sonst unter uns, klar?"

Gerri schaute auf und zögerte kurz. „Am besten holst du dir die Mühle am Mittwoch irgendwann spätabends. Meine

Mutter hat die nächsten zwei Wochen Nachtdienst. Deshalb kann sie dieses Mal nicht mitfahren. Und mein Vater ist nicht da. Wir fahren ja zusammen nach Frankreich. Stell das Ding am Sonntagabend wieder in die Garage. Den Schlüssel und die Papiere gibst du mir, wenn ich wieder da bin."

„Geht klar, Gerri, logo. Und noch mal vielen Dank! Dafür geb ich dir heute Abend eine Pizza aus!" Tom strahlte.

Gerri verlieh die Maschine ungern, doch er wollte den Freund nicht vor den Kopf stoßen. Er kannte ihn seit einigen Jahren und ab und an kam der schmächtige junge Mann mit zum Stammtisch des Motorradclubs. Das passte insofern, als Tom fast gegenüber des Clubheims wohnte. Er musste praktisch nur die Straße überqueren, ein paar Schritte laufen und befand sich schon am Breulsweg, einer kleinen Seitenstraße gegenüber den Oberräder Gärten. Dort hauste er alleine in einer kleinen, für einen jungen Mann seines Alters ungewöhnlich aufgeräumten Unterkunft.

„Schon gut, schon gut."

Freundschaft hin, Freundschaft her, Gerri war überhaupt nicht wohl in seiner Haut.

–

„Guten Appetit, die jungen Herren." Toni strahlte übers ganze Gesicht, als er Gerri Kuhl und seinem Freund Tom die Teller vor die Nase stellte. Die beiden saßen vor dem italienischen Restaurant in der Passage zwischen Fachfeld- und Starkenburger Straße unter einer blau-weißen Markise. Es war halb neun Uhr abends, und es war noch angenehm warm. Gerri nippte an seiner Cola und betrachtete die Pizza, die er ausdrücklich ohne Pilze bestellt hatte, misstrauisch.

Nicht dass der belegte Teigfladen schlecht geschmeckt hätte. Toni machte die beste Pizza weit und breit, das war amtlich. Gerri Kuhl aber brachte Pilzen aller Art die gleiche Abneigung entgegen wie sein Vater dem Käse.

Nach eingehender Prüfung griff er sich ein Stück des italienischen Traditionsbackwerks und grub seine Zähne in den knusprigen Teig. Keine Pilze, dafür doppelt Käse – Wolfhard Kuhl, Gerris Vater, hätte einen Schock erlitten. Ein Grinsen huschte über Gerris Gesicht, als er an die Käsephobie seines Vaters dachte. Eine Viertelstunde später war die Pizza Geschichte, und auch Toms Teller mit den scharfen Orecchiette war wie von der Katze geleckt.

Gerri nahm seine Jacke von der Stuhllehne, griff in die Innentasche und zog einen Briefumschlag heraus. Lässig warf er ihn auf den Tisch. Mit leichtem Klackern landete der Umschlag neben Toms leerem Teller. Tom nahm das Kuvert schnell an sich, riss es auf und entnahm ihm einen Schlüssel und einen Fahrzeugschein.

„Danke, Mann, vielen Dank, das vergesse ich dir nicht." Aufgeregt wedelte Tom mit dem Dokument. Gerri hatte sich inzwischen abwartend zurückgelehnt. Tom steckte den Schein wieder in den Umschlag. Fragend schaute er zu seinem Freund.

„Sag mal, habe ich überhaupt eine Chance, etwas Gepäck mitzunehmen? Kann man an der Maschine irgendwo eine Tasche befestigen?"

„Kein Problem, ich habe ein Topcase hinter der Sitzbank montiert. Da passt das Nötigste für ein Wochenende rein." Dann schaute er Tom noch einmal warnend ins Gesicht.

„Du gibst die Maschine nicht aus der Hand, ist das klar? An niemanden!"

Seine Vorsicht schien ihm durchaus angebracht. Tom Krause war wirklich ein netter Kerl. Er handelte jedoch oft wie ein Fähnchen im Wind. Vor allem wenn es darum ging, eigene Entscheidungen zu treffen, konsequent zu sein. Tom zu überreden war nicht allzu schwer. Er war oft bei Unternehmungen dabei, von denen Gerri überzeugt war, dass Tom sie gar nicht mochte, und sei es nur, um sein unscheinbares Wesen aufzupolieren. Eben um Eindruck bei seinen Freunden zu machen. Gerri Kuhl seufzte tief und wiederholte sich abermals.

„Und am Sonntag steht das Ding wirklich wieder in der Garage, okay?"

„Klar, Gerri, Mensch, du kennst mich doch."

„Eben!"

„Hats geschmeckt?" Toni hatte die Hände in die Hüften gestemmt und schaute erwartungsvoll. „War alles in Ordnung?"

„Wunderbar – wie immer, Toni!"

„Darf ich noch was zu trinken ..."

„Nein danke, ich bezahl dann mal", unterbrach ihn Tom und machte eine generöse Bewegung mit der rechten Hand. „Zusammen bitte."

„Alles klar."

Toni lief zum Tresen und hantierte an der Kasse. Tom steckte die Hand in seine Hosentasche. Er wurde mit einem Mal nervös und grub fieberhaft darin herum. Dann wurde er rot bis über beide Ohren.

„Verdammt noch mal, jetzt hab ich doch mein Geld zuhause ... so ein Mist. Ich wollte doch ..." Er brach ab und schaute seinen Freund zaghaft an.

Gerri reagierte sarkastisch.

„Tom, ich sag dir was. Da gibt es seit einiger Zeit so ein neues Ding, das kommt aus Amerika. Ich glaube, sie nennen es Arbeit oder so ähnlich. Vielleicht gehst du irgendwann los und besorgst dir ein bisschen davon. Dann bist du auch nicht dauernd klamm und musst dir alles zusammenborgen."

Gerris Sarkasmus schlug unverholen in Ärger um.

„Hast du überhaupt genug Kohle für den Sprit, wenn du wegfahren willst?"

Als Toni mit der Rechnung vor dem Tisch stand, erhob sich Gerri, warf einen Zwanziger auf den Tisch und nickte dem kleinen Sizilianer zu.

„Danke, Toni, stimmt so."

Mittwoch, 21. Mai

2

„Nein, ich kann das nicht machen, Kevin. Die Maschine gehört mir nicht. Und wenn etwas passiert, reißt Gerri mir den Kopf ab."

Tom Krause hob beschwörend seine Hände. Er wirkte ziemlich verunsichert.

„Jetzt komm schon, Mann, was soll passieren? Ich brauche das Ding doch nur heute. Gerri kriegt das überhaupt nicht mit!"

„Wenn etwas schiefgeht, habe *ich* den Ärger mit Gerri. Das ist dabei!"

„Aber du brauchst Geld fürs Wochenende, wenn ich dich recht verstanden habe? Du willst mit den Anderen wegfahren und bist wieder mal total abgebrannt!" Kevin grinste gemein. „Ich geb dir hundertfünfzig. Nur für heute, wirklich. Ich hab noch was Wichtiges zu tun und mein Auto ist in der Werkstatt. Am späten Abend hast du die Mühle wieder. Also was ist?"

„Wenn du nur etwas erledigen willst, kann ich dir doch meine Kiste leihen." Tom versuchte, Kevin umzustimmen.

Kevin lachte gehässig.

„Ich habe etwas *Wichtiges* zu erledigen, Tom. Was soll ich da mit deiner Schrottkarre. Die bleibt mir glatt unterwegs stehen. Außerdem habe ich keine Zeit für Parkplatzsuche. Das läuft mit dem Motorrad einfach besser."

Kevin Dries, Toms sechsundzwanzigjähriger Kumpel, wirkte siegessicher. Kevin war der älteste in Gerris Clique. Er passte von seiner Art nicht so recht zu den Jungs. Bei einigen hatte er gerade deshalb einen bleibenden Eindruck hinterlassen. Er gab sich meist sehr cool und spielte den Abgebrühten. Ständig machte er Andeutungen über geheimnisvolle Geschäfte, in die er mit dubiosen Geschäftspartnern verwickelt war. Andere in der Clique wiederum hielten ihn für einen aufgeblasenen Angeber. Tatsache aber war: Kevin hatte immer die Taschen voller Geld. Deshalb waren alle immer gerne dabei, wenn Dries eine Party gab.

Tom und Kevin saßen im Hof vor Tonis Pizzeria und tranken Cappuccino. Es war um die Mittagszeit, und außer zwei älteren Damen, die im Restaurant saßen und auf ihr Mittagessen warteten, waren sie im Moment die einzigen Gäste. Die Sonne hatte schon erstaunliche Kraft und wärmte Toms Nacken angenehm. Ins Schwitzen kam er jedoch durch Kevins Angebot.

„Wo nimmst du bloß immer die Kohle her? Du machst ständig irgendwelche krummen Geschäfte, nicht wahr? Du hast doch gar keinen festen Job. Wo kommt nur das Geld für deine Bude jeden Monat her?“ Tom wischte sich einen leichten Schweißfilm von der Stirn.

Kevin Dries überhörte Toms Fragen geflissentlich.

„Hör zu, Tom: ich mach dir ein Zusatzangebot. Ich versuche mal, ein Wort für dich einzulegen. Weißt du, ich erledige ab und zu einige Sachen für jemanden. Und wenn du einen guten Eindruck auf ihn machst, könntest du dir auch den einen oder anderen Euro verdienen.“

Nervös knabberte Tom an seinen Fingerknöcheln.

„Sachen erledigen? Was meinst du damit, zum Teufel? Ich will keine linken Dinger machen." Dann fügte er zögerlich an: „Ein wenig Kohle könnte ich allerdings schon gebrauchen, aber ..." Er unterbrach seine Rede und starrte unschlüssig in seine fast leere Kaffeetasse.

Kevin stand auf, schaute kurz auf eine Karte, die er aus seiner Gesäßtasche gefischt hatte, zückte einen Stift und kritzelte etwas auf die Rückseite eines abgelaufenen Straßenbahnfahrscheins. Er musterte Tom und hielt ihm das Stück Papier unter die Nase. „Hier. Ruf diese Nummer an und sag einen Gruß von mir." Dann steckte er die Karte mit der Nummer wieder zurück in seine Hose.

„Was ist das für ein Typ? Wie heißt der? Und was gibt es da zu tun?"

„Ruf ihn einfach an. Okay? Und? Was ist jetzt mit der Maschine?"

„Na gut. Aber heute Abend will ich sie wieder zurück. Und sei um Himmelswillen vorsichtig. Wenn was passiert, bin nicht nur ich dran, sondern auch Gerri kriegt Schwierigkeiten."

„Bist ein echter Kumpel. Danke. Aber ich kann ja auch was für dich tun, oder?"

Kevin grinste sein aalglattes Grinsen.

„Zahlen bitte!"

Großspurig wedelte er mit einem Zweihundert-Euro-Schein nach der Bedienung.

„Du bist selbstverständlich eingeladen."

Mittwochmittag, 21. Mai

3

Kevin Dries fuhr den Bordstein hoch. Die Dämpfung der Gabel pfiff leise beim Einfedern. Ein paar Meter von der Treppe zur B-Ebene der Hauptwache entfernt stellte er die geliehene Kawasaki KLR 250 ab.

Einige Minuten zuvor hatte er beinahe einen Unfall gebaut. Der Koffer war zur Seite gerutscht. Gerade noch rechtzeitig war es ihm aufgefallen und er wollte ihn mit einem schnellen Griff hinter sich festhalten. Durch dieses Manöver war er auf die Gegenfahrbahn geraten und konnte gerade noch einen Zusammenstoß mit einem Wagen verhindern. Es war auch wirklich zu blöde. Der Koffer passte nicht ins Topcase, und so hatte er versucht, ihn auf dem hinteren Teil der Sitzbank zu montieren. Die betagte Kawasaki bot kaum geeignete Stellen, um Gepäck zu befestigen, und so redete er sich ein, für die kurze Strecke sei eine provisorische Fixierung auf jeden Fall ausreichend. Was, wie sich dann zeigte, eine Fehleinschätzung mit beinahe fatalen Folgen war.

Als er das Zweirad abgestellt hatte, nahm er den Koffer, ging die Treppe hinab und zog im Laufen einen Schlüssel aus der Hosentasche. Vor dem Schließfach mit der Nummer 113 blieb er stehen und sah sich nervös um. Er hatte ein mulmiges Gefühl. Gut, wenn es schiefging, könnte er immer noch versuchen, Leo die Geschichte in die Schuhe zu schieben. Wenn ihm das gelänge, wäre er aus dem Schneider. Sein Auftraggeber vertraute ihm. Und trotzdem, er war drauf und dran, ihn zu hintergehen. Dann jedoch dachte er an das viele Geld, das ihm hier winkte und an seine Schulden, die sich im Laufe der letzten Monate angehäuft hatten. Der Mann, von dem das Geld stammte, war sehr nervös geworden und hatte ihm gedroht. Kevin war von der Art der Drohung nachhaltig beeindruckt gewesen. Er musste etwas tun, keine Frage.

So zog er die Tür auf und nahm den Briefumschlag an sich, der in der Mitte auf dem Boden des Schließfaches lag. Die übliche Gage. Nicht schlecht, aber dieses Mal würde er mehr herausschlagen. Herausschlagen müssen.

Als er den Koffer ins Fach hineinschob, wurde ihm speiübel und er verspürte ein heftiges Magendrücken.

Am Ende der Konstanzer Straße in Fechenheim hielt Kevin vor dem Haus, in dem sich die Wohnung befand, die er momentan nutzen durfte. Er ging zur Eingangstür und warf den Schlüssel in den rechten oberen Briefkasten bei *Stern.*

Dann setzte er sich wieder auf die geliehene Maschine und fuhr eine Weile ziellos umher. Jetzt war nichts mehr zu machen. In die Wohnung konnte er hinein, aber einen Briefkastenschlüssel besaß er nicht. Kevin fiel ein, dass er die Maschine unbedingt zurückgeben sollte.

Am späten Nachmittag war er wieder zurück in Fechenheim. Es war ihm nicht wohler, ganz im Gegenteil. Er steuerte die Kawa in die Mittelseestraße, ließ sie in den Hof der Gaststätte Bluesmühle rollen und stellte den Motor ab. Dann schob er den fahrbaren Untersatz in die hinterste Ecke des Unterstandes, der sich im Hof rechts neben dem Eingangstor befand. Hier konnte man die Maschine von der Straße aus nicht sehen.

Kevin nahm an dem kleinen runden Tisch vor dem offenen Kamin Platz und schaute sich um. Noch keine anderen Gäste zu sehen. Er rümpfte die Nase. Es roch penetrant nach leerer Kneipe. Der Tag danach!

Kevin Dries hatte den Eindruck, man könne sich allein vom Einatmen der Luft einen gehörigen Kater einfangen. Der Wirt Harry Weber lugte diensteifrig über die schmuddelige Theke.

„Ein Pils und einen Jameson, bitte. Ach, was sag ich! Zwei Pils und einen doppelten Jameson.“

Harry grinste verständnisvoll und langte nach einem Bierglas. Nachdem ein Schwall der schäumenden Flüssigkeit aus der Zapfanlage ins Glas gelaufen war, angelte er sich die Flasche mit dem irischen Whisky aus dem Regal. Er hatte eine CD eingelegt. Die Eagles, Hotel California, unplugged und live. Die letzte Strophe lief, wie passend:

Last thing I remember, I was running for the door
I had to find the passage back, to the place I was before
relax, said the night man, we are programmed to receive.
You can checkout any time you like,
But you can never leave!

Kevin kannte und mochte diesen mystischen alten Klassiker. Und gerade deshalb, als er die letzten beiden Zeilen hörte, lief ihm ein Schauer über den Rücken. Eine Stunde später war Kevin ziemlich angetrunken. Seine Angst jedoch saß ihm immer noch eiskalt im Nacken. Und zwar schlimmer als zuvor. *You can never leave ...*

Etwas unsicher steuerte er auf den Ausgang zu. Er ging zum Unterstand, setzte sich auf Gerris Motorrad, machte es sich mit dem Handy am Ohr auf der Sitzbank bequem und lauschte angespannt dem Freizeichen.

Mittwochnachmittag, 21. Mai

4

Holger van Claassen war mit der üblichen Vorgehensweise hochzufrieden. So war er immer außen vor, und keiner hatte eine Ahnung von seiner Nebentätigkeit. Der Blumenhandel hatte in letzter Zeit an finanzieller Attraktivität verloren. Das Geschäft lief nicht mehr so schwungvoll wie noch vor ein paar Jahren. Nicht dass er rote Zahlen schreiben würde, nein, aber auf Dauer würde er mit dem Import holländischer Schnittblumen seinen aufwändigen Lebesstil nicht halten können.

Van Claassen vertraute Dries mittlerweile. Kevin Dries funktionierte zuverlässig, das war entscheidend, und sollte doch einmal etwas durchsickern und eine Übergabe platzen, wäre es eben Kevins Pech.

Er tastete nach dem Koffer, den er wie verabredet im Schließfach vorgefunden hatte und der nun neben ihm auf dem Beifahrersitz lag. Leo Tilinski würde nach und nach dafür sorgen, dass das Zeug unter die Leute kam. Van Claassen hatte sich vorgenommen, nicht zu übertreiben, denn auch dieser Markt war heiß umkämpft. Er traute Leo nicht ganz über den Weg, aber er brauchte ihn, denn er kannte die kleinen Dealer auf der Straße, mit denen er sich selber nicht abgeben wollte.

So hielt er Leo an der langen Leine, indem er ihm immer nur kleinere Mengen zum Verkauf überließ. Auf diese Weise verdiente er nicht so viel, wie es ihm im großen Stil möglich wäre, aber er wollte nichts riskieren. Das Risiko aufzufliegen war so ungleich geringer.

Am Anfang der Hanauer Landstraße bog er rechts zum Main hin ab und überquerte die Honsellbrücke. Nach dreihundert Metern fuhr er an die rechte Fahrbahnkante und hielt hinter einem abgestellten Lkw-Anhänger. Er schloss den Koffer auf und lächelte, als er den Inhalt erblickte. Es hatte also wieder einmal geklappt. Alles sah aus wie immer. Er griff ein paar der kleinen Tütchen und stutzte. Er schaute auf die Packungen in seiner Hand. Die sahen ganz normal aus. Aber da unten, das war eine andere Verpackungsweise als gewöhnlich. Die Tütchen waren nicht wie die anderen verschweißt, sondern mit einem Nutverschluss versehen. Egal, dachte er zuerst. Nach kurzem Überlegen öffnete er dann aber eines der von der Norm abweichenden Tütchen und tippte mit der Kuppe seines befeuchteten Zeigefingers vorsichtig in das weiße Pulver. Er berührte seine Zunge mit der Fingerkuppe und erstarrte augenblicklich. Hektisch wühlte er auf dem Boden des Koffers und riss noch eines der Päckchen hervor. Dann wiederholte er die Prozedur. Als er gerade einen heftigen Fluch loswerden wollte, meldete sich sein Handy. Missmutig knurrte er in das Gerät.

„Hallo?“

„Chef, hier ist Kevin Dries“, es klang gequält, „da ist was schiefgegangen, ich meine ...“ Er stockte hilflos.

„Es war nicht meine Idee, das müssen Sie mir glauben. Die haben mir die Pistole auf die Brust gesetzt. Aber ich mach das wieder gut. Sie müssen mir nur vertrauen ...“

Eisiges Schweigen kam ihm entgegen. Hatte sein Auftraggeber überhaupt schon gemerkt, was passiert war? Die Antwort auf diese unausgesprochene Frage kam prompt.

„Was sind das für Spielchen, Dries?", vernahm er van Claassens wütende Stimme. „Wo ist der Rest von dem Zeug? Und was soll das heißen, nicht deine Idee?"

Kevin versuchte zu erklären, so gut es ging. Er hatte alle Register gezogen, so glaubte er, als er fertig war. Was sein Auftraggeber ihm davon abnahm, wusste er allerdings nicht. Der wirkte verärgert.

„Ich soll dir das wirklich glauben? Hast du eine Ahnung, wie lange ich schon mit Leo im Geschäft bin?"

Es entstand eine Pause.

„Na gut", schob der Angerufene dann nach. „Bisher hat ja alles geklappt mit dir. Aber das hier will ich mit eigenen Augen sehen. Du kriegst deine Chance. Wenn du allerdings versucht hast, mich zu verarschen, bist du ein toter Mann, hast du mich verstanden?"

„Klar", krächzte Kevin heiser und fuhr sich mit den Fingern durch seine hellblonden Haare.

„Dann hör jetzt sehr gut zu", drang die Stimme gefährlich leise in sein Ohr, „wir machen das folgendermaßen ..."

Donnerstag, 22. Mai

5

Am Vorabend hatte Tom vergeblich auf Kevin gewartet. Heute begann er, sich ernsthaft Sorgen zu machen. Er hatte versucht, Kevin zu erreichen, dessen Handy war jedoch offenbar ausgeschaltet. Tom beschlich ein extrem ungutes Gefühl.

Während er über den Verbleib von Kevin und damit leider auch Gerris Kawasaki nachgrübelte, fiel ihm die Telefonnummer wieder ein, die Kevin ihm gegeben hatte. Ein bisschen Geld könnte er schon gebrauchen, klar, aber Kevins Geschäfte waren ganz sicher nicht sauber, so wie Tom ihn und seine Äußerungen einschätzte.

Andererseits, so dachte Tom, vielleicht könnte er etwas über den Verbleib von Kevin herauskriegen, wenn er diese Nummer anrief. Er musste dringend das Motorrad wiederbekommen. Hätte er das Teil doch bloß nicht aus der Hand gegeben. Wenn Gerri das mitbekommen würde, wäre der Ärger vorprogrammiert. Schöne Bescherung.

Tom grub in seiner linken Hosentasche und zog den alten Straßenbahnfahrschein mit der Mobilnummer auf der Rückseite hervor. Er klappte sein Handy auf und begann, auf der Tastatur herumzutippen. Dann hielt er das flache Gerät ans Ohr.

Kaum hatte er das Freizeichen einmal gehört, drang eine unfreundliche Männerstimme in sein Bewusstsein. „Ja?“

„Äh, ja, entschuldigen Sie, mein Name ist Tom, ich bin ein Freund von Kevin Dries. Er hat mir Ihre Nummer gegeben. Kevin meinte, Sie hätten ab und zu mal was zu tun ..."

Er machte eine Pause und schwieg einen Moment lang ängstlich. „Außerdem suche ich Kevin dringend. Haben Sie vielleicht eine Ahnung, wo er sein könnte?"

Der Angerufene schien einen Moment lang zu überlegen, Tom hörte nur ein leises Atmen. Dann ertönte wieder die unfreundliche Stimme.

„Keine Zeit jetzt! Ich melde mich demnächst bei dir. Möglich, dass ich bald einen neuen Mann brauche. Dann habe ich einen kleinen Job für dich". Und setzte mit beunruhigendem Klang in der Stimme hinzu: „Sozusagen zur Probe".

„Sie brauchen noch meine Telefonnummer, Herr ..." Tom merkte sofort, dass die Frage nach dem Namen ein Fehler gewesen war und brach ab.

„Habe ich schon gespeichert. Ich rufe zurück!", kam es ungehalten zurück.

Eine Gänsehaut hatte sich auf Toms Rücken breitgemacht. Der Unbekannte hatte aufgelegt. Er war mit keinem Wort auf Kevin eingegangen.

Zur Probe? Der Mann hatte das so betont seltsam ausgesprochen. Nein, nicht der leichte holländische Akzent war es, der das Schaudern ausgelöst hatte. Da schwang so ein misstrauischer, vielleicht auch ironischer Ton in der Stimme mit.

Zur Probe? Vielleicht. Für Tom klang das jedoch mehr nach Mutprobe.

Donnerstagnacht, 22. Mai

6

Kevin war auf die andere Seite des Mains nach Sachsenhausen gefahren. Nun stand er am Ende des Ziegelhüttenwegs und wartete. Er hatte Leo Tilinski und seinen ständigen Schatten Vince auf Anweisung van Claassens hierher bestellt. Kevin hoffte, seinen Auftraggeber davon überzeugen zu können, dass die beiden ein falsches Spiel spielten. Er sollte Leo erst ein Probetütchen und dann eine Tasche mit der Ware übergeben. Van Claassen hatte Kevin naturgemäß nicht getraut und wollte sich mit eigenen Augen von der angeblichen Untreue seiner Leute überzeugen. Van Claassens Jaguar stand zweihundert Meter entfernt in einem Seitenweg. Seinen Auftraggeber selbst konnte Kevin nicht ausmachen.

Nach zwei Minuten fuhr ein roter Mercedes auf der gegenüberliegenden Straßenseite an Kevin vorbei, wendete und wurde kurz vor ihm den Randstein hochgelenkt. Mit laufendem Motor blieb er vor Kevin stehen. Kevin schob die Maschine rittlings neben das Fahrzeug. Leo Tilinski betätigte den Fensterheber und sah zu, wie Kevin abstieg, hinter das Motorrad ging und am Topcase hantierte.

Tilinski beugte sich aus dem Wagen.

„He, Dries, was ist los, wo hast du den Koffer?“

Kevins Nerven lagen blank.

„Wie soll ich denn einen Koffer auf der Maschine transportieren? Außerdem hat der Chef den ...“ Er brach schnell ab, als er merkte, was er in seiner Aufregung beinahe gesagt hätte. Hoffentlich hatte Leo keinen Verdacht geschöpft.

Als er sah, wie Leo die Stirn runzelte, schaute er verängstigt in die andere Richtung. Für eine Sekunde hob er den Kopf und fuhr zusammen, als er den Streifenwagen sah, der langsam den Ziegelhüttenweg entlangrollte. Das hatte gerade noch gefehlt! Gestresst und voller Panik drehte er sich um, sprang wieder auf die Kawasaki und drückte den Starter.

„Ich erklärs euch später. Da hinten. Die Bullen. Wir telefonieren“, keuchte er gepresst unter dem Helm hervor in Richtung des roten Mercedes.

„Was soll das denn? He Dries, was ...“

Doch Kevin befand sich schon wieder auf der Straße und zog den ersten Gang hoch. Er schaute durch das Visier seines Helmes stur geradeaus, als er den Polizeiwagen passierte. Nur nicht auffallen. Im Rückspiegel sah er, wie der Wagen langsam weiterfuhr. Es war wohl doch nur eine normale Streife gewesen. Aber man konnte ja nie wissen ...

Vince indes schaute Leo groß an und wollte eben den Mund öffnen, als ihm sein Nebenmann zuvorkam. Er hatte den nachtblauen Jaguar erkannt, der aus dem Seitenweg in den Ziegelhüttenweg einbog. Der Streifenwagen war mittlerweile am Mercedes vorbeigefahren, ohne Notiz von seinen Insassen zu nehmen.

„Da, guck doch mal! Verflucht! Das da vorne, das ist doch van Claassen. Dries, dieser Mistkerl! Der wollte uns wohl hinhängen. Aber nicht mit mir! Los, hinterher. Ich will wissen, was hier gespielt wird!“

–

In dieser Donnerstagnacht machte sich Tom erst spät auf den Nachhauseweg. Er war mittlerweile sehr beunruhigt, denn Kevin war immer noch nicht aufgetaucht. Er hatte ihn überall gesucht, leider ohne Erfolg. Seinen alten schrottreifen Peugeot 106 hatte er schließlich auf der Offenbacher Landstraße abgestellt, da im Breulsweg selbst kein freier Parkplatz zu finden war. Das kurze Stück zu seiner Wohnung legte er daher zu Fuß zurück.

Er war gerade an der Einmündung zum Breulsweg angekommen, als sich von Sachsenhausen her ein Sportwagen mit relativ hoher Geschwindigkeit näherte. Ein Stück vor dem Wagen fuhr ein Motorrad.

Ein Motorrad? In diesem Moment erkannte Tom den Fahrer und die Maschine.

Das war doch Kevin!

Kevin erblickte die Gestalt, die unvermittelt auf die Straße gesprungen war erst, als es fast zu spät war.

„Kevin, Kevin, Mensch, he, Kevin, halt doch an!"

Verflucht, Tom! Den hatte Kevin momentan überhaupt nicht auf der Rechnung. Tom fuchtelte mit den Armen und schien alle Vorsicht vergessen zu haben. Kevin reagierte erschrocken und stieg hart auf die Bremse. Das Hinterrad blockierte und das Zweirad kam ins Rutschen.

Der Fahrer des Sportwagens dahinter reagierte überrascht. Was machte der Kerl denn da auf der Straße? Schemenhaft nahm er Tom wahr, wie dieser auf den Motorradfahrer vor ihm zurannte. Er registrierte, wie das Motorrad ins Schleudern geriet und trat impulsiv auf die Bremse. Hektisch riss er das Steuer nach links, um dem Zweirad auszuweichen.

Kevin hatte indes die Bremse gelöst, wieder Gas gegeben und schoss knapp an Tom vorbei. Der Wagen hinter ihm aber stellte sich in der leichten Kurve quer und schlitterte in Richtung des Gartenzauns auf der anderen Straßenseite. Der Fahrer versuchte verzweifelt, den Sportwagen mit Gegenlenken wieder geradezustellen. Die Geschwindigkeit jedoch war zu hoch und der schnelle Wagen durchbrach den Zaun vor der kleinen Böschung, hinter der die Kleingärten begannen.

Dem Mann am Lenkrad war noch bewusst, wie sein Fahrzeug nach vorne überkippte, die Böschung hinunterschoss und sich dann überschlug. Wie und wo er zum Stehen kam, bekam er nicht mehr mit.

Tom stand mit vor Entsetzen geweiteten Augen auf dem Bürgersteig. Zweihundert Meter weiter hatte Kevin angehalten und die kleine Maschine in aller Eile auf dem Gehweg abgestellt. Tom registrierte, wie Kevin den Helm absetzte und sich hektisch umsah. Bevor Kevins Blick ihn erfassen konnte, stand Tom im Schutz einer Platane. Er zitterte am ganzen Körper. Und jetzt? Was sollte er tun? Einfach verschwinden? Außer Kevin schien sich niemand mehr auf der Straße zu befinden. Er überlegte fieberhaft, ob er ihn gleich jetzt und hier zur Rede stellen sollte.

Was er allerdings nicht bemerkte, war der mittlerweile in ungefähr hundertfünfzig Metern Entfernung geparkte, etwas ältere rote Mercedes 500 SE und seine zwei Mann starke Besatzung.

Wobei die Betonung in der Hauptsache auf „stark" lag.

–

Im Inneren des Mercedes wandte sich der Fahrer leicht besorgt an den glatzköpfigen Beifahrer. „So war das alles eigentlich nicht gedacht! Und was war das für eine kleine Ratte, die da eben noch auf der anderen Seite stand?"

„Was willst du denn, Vince?" Leo kniff verschlagen die Augen zusammen, als er seinen Partner ansprach. „Vielleicht ist der Koffer ja im Wagen. Das wäre doch ideal für uns. Wenn van Claassen hinüber ist – umso besser. Und den kleinen Zweiradartisten kaufen wir uns jetzt. Wenn wir mit dem fertig sind, betrügt der keinen mehr. Vielleicht erwischen wir den anderen Kerl auch noch. Los Vince, jetzt muss es schnell gehen, bevor die Bullen auftauchen."

–

Tom war auf den Gehweg zurückgelaufen und schaute sich um. Er sah, wie die Lampen des Mercedes aufleuchteten und zuckte zusammen. Schnell huschte er um einen Baum herum und ging in die Hocke, so dass er für aus Sachsenhausen kommende Fahrer unsichtbar war. Der Mercedes machte einen Satz nach vorne, raste an Toms Versteck vorbei und kam direkt neben Kevin wieder zum Stehen. Ein kräftiger Kerl mit einer offensichtlich rasierten Glatze sprang aus dem Wagen. Tom sah, wie Kevin hart im Genick gepackt wurde. Der Mann mit der Glatze riss die hintere rechte Tür auf und stieß Kevin hinein. Dann ließ sich der Rasierte wieder auf den Beifahrersitz fallen und zog mit Schwung die Türe zu. Noch im Laufe dieser Bewegung versuchte der Fahrer wieder auf der Offenbacher Landstraße zu wenden.

„Verdammter Mist!" Der Fahrer stieg heftig aufs Bremspedal. Ein schrilles Klingeln hatte ihn gewarnt. Beinahe hätte er die ihnen entgegenkommende Straßenbahn übersehen. Er konnte den Wagen noch rechtzeitig anhalten. Der fast unbesetzte Zug rollte unbeeindruckt und in gemächlichem Tempo vorüber.

Tom wartete ab, bis die Bahn zwischen ihn und den Mercedes gelangt war und die Sicht verdeckte, dann rannte er so schnell er konnte in den Strahlenberger Weg, der zum einen nach links in die Oberräder Kleingärten, zum anderen auf das Gelände der Freiwilligen Feuerwehr führte. Kurz entschlossen lief er nach rechts zur Feuerwehr, als er mit einem Blick über die Schulter die Strahlen der Scheinwerfer des Mercedes wahrnahm. Neben dem Feuerwehrgebäude erblickte er einen großen städtischen Müllcontainer. Er eilte schnell zum Gebäude hinüber und hockte sich in den Schutz des Containers. Vorsichtig lugte er durch den Spalt zwischen Container und Haus. Der Wagen mit seinen Verfolgern fuhr langsam an der Einfahrt zur Feuerwehr vorbei. Geduckt schlich Tom um den Container herum und sah, wie die Bremslichter aufleuchteten. Hektisch warf er sich herum. Er zitterte am ganzen Körper, und trotz der warmen Luft zog sich seine Haut zusammen, als würde er frieren. Was war das nur für eine üble Geschichte, in die er da reingeraten war?

Tom riss schnell den Deckel des Containers hoch und starrte hinein. Fast leer, erkannte er undeutlich. Ein ekelhafter Gestank schlug ihm entgegen. Voller Angst überwand er seine Abscheu und zog sich an der Containerwand hoch. Als er sich über den Rand hineinrollen wollte, blieb er mit der Hose an der unteren Verriegelung hängen. Eine fahrige Bewegung, und er hatte sich wieder losgerissen. Er rutschte in den Container, drehte sich und schlug sich bei der unkontrollierten Bewegung das Knie an der Seitenwand auf. Sein rechtes Hosenbein war dabei innen aufgerissen. Daran verschwendete er allerdings keinen Gedanken. Mit beiden Händen fasste er den Deckel und drückte ihn vorsichtig nach vorne. Er ließ die Abdeckung gerade zwei Finger breit offen. Und hoffte voller Inbrunst, dass der heilige St. Florian nun auch ihn beschützen würde. Auch wenn nicht er brannte, sondern nur die Wunde, die er sich an seinem Knie zugezogen hatte.

Einen Augenblick hielt er die Luft an. Dann drangen gedämpfte Stimmen zu ihm.

„Wo ist die kleine Ratte bloß hin? Ob der wirklich nur zufällig da war? Na, scheißegal, lass uns rasch nach dem Jaguar schauen."

Tom hörte, wie die Schritte sich entfernten. Er schob den Deckel vorsichtig zurück. „Kevin!" schoss es ihm durch den Kopf. Das hatte schon ziemlich ruppig ausgesehen, wie der Glatzkopf ihn ins Fahrzeug befördert hatte. Er würde wohl nichts zu lachen haben, wenn die beiden Burschen zurückkamen. Na, selbst schuld!

Auf der anderen Seite – musste er nicht etwas für Kevin tun? Einen Moment zögerte Tom, dann kletterte er hastig aus dem Container. Die zwei Typen waren mittlerweile in den kleinen Feldweg, der in die Gärten führte, gelaufen. Die Dunkelheit hatte sie verschluckt.

–

Die beiden Männer waren fast am Eingangstor des Gartens angekommen, in den der nachtblaue Jaguar hineingeschleudert war. Plötzlich blieb der Mann mit der Glatze stehen. Er hob warnend die Hand und schaute sich nach seinem Partner um. Ein gedämpfter Lichtschein war durch die Büsche gedrungen und hatte ihn mitten in der Bewegung stocken lassen.

„Zum Teufel", sprach er seinen Nebenmann leise an, „da ist einer in dem Garten, was macht der Kerl da um diese Zeit?" Vorsichtig schlichen die beiden Männer näher und spähten durch das große Gartentor.

Kurz hinter dem Tor stand eine große längliche Gartenhütte mit offenbar mehreren Innenräumen. Der vordere Raum war beleuchtet, und die Eingangstür zur Hütte stand offen.

Der Sportwagen, ein nachtblauer Jaguar XKR, lehnte schräg an einem großen Kirschbaum. Allem Anschein nach war das Fahrzeug schwer beschädigt. Hinter dem Steuer konnte man eine zusammengekrümmte Gestalt erkennen. Auf der linken Seite des schnittigen Wagens stand ein hagerer Mann. Er hatte die Tür weit geöffnet und beugte sich ins Innere des Wagens. Die beiden Männer sahen gebannt zu, wie der Unbekannte einen rotbraunen Koffer aus dem Auto hob.

„Da, der Koffer", stieß der zweite der beiden Männer leise aus, „siehst du, ich habe recht gehabt. Da ist das Koks drin!"

Eine Weile verharrten die beiden stumm, bevor der Glatzköpfige erschrocken den Kopf zu seinem Begleiter drehte.

Aus der Ferne näherte sich der Klang einer Sirene.

„Wir sollten schauen, dass wir hier wegkommen", flüsterte der Mann mit der Glatze. „Die Bullen werden wohl gleich hier sein, und denen wollte ich heute nicht mehr die Hand schütteln! Um den Kerl da und vor allen Dingen den

Koffer müssen wir uns später kümmern. Der ahnt wahrscheinlich gar nicht, was da drin ist. Aber wenn er das Ding aufmacht ..."

–

Tom lief indessen aus dem Hof der Feuerwehr nach rechts in den Strahlenberger Weg, wo seine Verfolger den Mercedes abgestellt hatten.

Auf der rechten Seite am Rand eines kleinen Feldes erkannte er die dunklen Umrisse der großen Limousine. Er bewegte sich schnell auf den roten Wagen zu. Als er ihn erreicht hatte, zögerte er nicht lange. Er packte den Türgriff der linken hinteren Tür und riss etwas zu heftig daran. Tom hatte beileibe nicht erwartet, dass die Tür offen war, und fast wäre er deshalb nach hinten gefallen, als die Tür unerwartet aufschwang. Er fing sich wieder, trat einen Schritt nach vorne und erschrak, als die Deckenbeleuchtung des Wagens aufleuchtete. Hastig schaute er über die Schulter zurück, ob die beiden Gangster schon wieder auf dem Rückweg waren. Niemand war zu erkennen. Im Halbdunkel konnte er Kevin zusammengekrümmt auf dem Rücksitz liegen sehen. Ein breites Paketband klebte über seinem Mund. Mit dem gleichen Material waren seine Hände und Füße zusammengebunden.

Ohne lange zu zögern fasste er Kevin mit beiden Händen unter der rechten Achsel und zog ihn mit großer Mühe aus dem Wagen. Kevin hatte die Augen geschlossen und rührte sich nicht.

„Mensch, Kevin, was ist mit dir ..." Tom gab seinem Freund ein paar leichte Klapse auf die linke Backe und versuchte

Kevin aufzurichten, um ihn besser packen zu können. Das scheiterte, weil der offensichtlich Bewusstlose schlapp war wie ein nasser Sack. Tom ließ ihn zu Boden. Dann drückte er die Wagentür vorsichtig zu und schob seine Hände wieder unter Kevins Achseln. Als er ihn ums Heck des Mercedes herum auf das kleine Feld schleifte, hörte er die Polizeisirene. Völlig außer Atem zerrte er den reglosen Körper in die Deckung einer kleinen Hecke, die am Feldrand wuchs und hörte kurz darauf schnelle Schritte näher kommen.

Tom lauschte angestrengt in die Nacht. Er hatte das Gefühl, sein schwerer Atem wäre kilometerweit zu hören. Der Sirenenklang wurde lauter.

Aus der Deckung der Hecke heraus vernahm er, wie die Fahrertür des Wagens geöffnet wurde. Er zwang sich, nicht zu atmen. Kevin durfte jetzt bloß kein plötzliches Geräusch von sich geben. Das Herz rutschte ihm fast in die Hose, als er die wütende Stimme vernahm.

„Mensch, Leo, der Kerl ist abgehauen, wie geht denn das? Ich hab ihn doch verschnürt wie ein Paket!"

Einer der Männer schien mit schnellen Schritten das Auto zu umrunden. Eine zweite Stimme war zu hören.

„Was machst du denn jetzt, du Idiot? Los, lass uns endlich abhauen, die Bullen sind gleich hier!"

Die Türen schlugen zu. Einen Augenblick später heulte der Motor auf und der Wagen raste im Rückwärtsgang Richtung Feuerwehrgelände.

–

„Was ist das für eine Geschichte? Jetzt mal raus mit der Sprache, Kevin, was läuft hier ab?"

Es war Tom wie eine Ewigkeit vorgekommen, bis Kevin zu sich gekommen war. Tom hatte ihm die Fesseln abgerissen, nachdem die beiden Verfolger verschwunden waren. Er war heilfroh, als er feststellen konnte, dass Kevin offenbar keinen schlimmeren Schaden genommen hatte.

Kevin rieb sich die Schläfen, tastete nach der schmerzhaften Beule an seinem Kopf und zuckte zusammen.

„Das willst du nicht wirklich wissen. Aber danke, dass du mich da rausgeholt hast. Das war knapp. Lass uns jetzt Gerris Maschine holen und dann nichts wie weg!"

Tom war besorgt. „Sollen wir nicht der Polizei von den beiden ..." Kevin fiel ihm ins Wort. „Bloß das nicht. Denen will ich erst recht nichts erklären müssen."

Er griff Tom an den Arm. „Los jetzt, lass uns endlich abhauen!"

Die beiden jungen Männer stolperten unbeholfen über das Feld. Ein Stück oberhalb des Oberräder Fußwegs kletterten sie die Böschung hoch. Tom sah es als Erster. Kevin kam rechts hinter ihm auf allen vieren die kleine Steigung heraufgekrochen.

Tom schaute sich kurz nach seinem Freund um und deutete dann verwirrt auf die Straße. Sein Blick pendelte zwischen Kevin und der seltsamen und überaus unerwarteten Szene auf der Offenbacher Landstraße hin und her, es sah aus wie bei einem aufmerksamen Zuschauer eines Tennisspiels.

Auch Kevin hatte mittlerweile den Rand der Böschung erreicht und schaute reglos und stumm vor Schreck auf die gegenüberliegende Straßenseite. Dort rollte gerade ein weißer Lieferwagen vom Bürgersteig. Die Stelle, an der Kevin Gerris Motorrad abgestellt hatte, war leer.

„Nein, Tom, das gibts doch nicht. Was ist denn hier los. Wer ist das in dem Wagen? Das ist doch der schräge Typ, der in dem Gartenhaus von Gerris Club campiert! Hat der die Maschine eingesackt?“

„Das ist Karlo. Keine Ahnung, was der hier macht. Und was sollte der mit der Maschine anfangen?“

„Tom, wir müssen unbedingt an die Maschine drankommen. Unbedingt, verstehst du?“

Zusammengesunken saß Kevin an der Böschung und stützte den Kopf in die Hände. Als er aufschaute, sah Tom im fahlen Licht der Straßenlaterne echte Verzweiflung in seinen Augen.

Er hob fragend die Augenbrauen. „Also?“

„Na gut.“ Kevin schien aufzugeben. „Das war wohl eine Nummer zu groß für mich. Ich hab da was gemacht, was ich besser hätte bleiben lassen sollen“, jammerte er. Kevins sprichwörtliches Selbstbewusstsein schien sich vollends verflüchtigt zu haben. Tom hingegen gewann ein wenig an Sicherheit. Er beugte sich zu Kevin hinab, packte ihn an beiden Schultern und begann, ihn zu schütteln.

„Was ist hier los, Kevin, jetzt rede endlich. Ich will wissen, was hier gespielt wird!“

Kevin ließ sich auf den Rücken fallen. Er schloss die Augen.

„Also gut, alles fing an, als ich diesen Typen kennengelernt habe ...“

–

Als der rote Mercedes mit den beiden Männern wieder auf die Offenbacher Landstraße in Richtung Sachsenhausen einbog, konnte man schon das Blaulicht am Ende der Straße rotieren sehen. Der Fahrer des Mercedes gab kräftig Gas. Nichts wie weg hier. Im Vorbeifahren an der Einfahrt zum Breulsweg sah der Mann mit dem blankrasierten Schädel eine ältere Frau in einem geblümten Bademantel unschlüssig an der Straße stehen. Ihre weißen Haare leuchteten grell im Schein der Straßenlampe. Unwirklich, auf eine gewisse Weise gespenstisch. Der Mann auf dem Beifahrersitz feixte.

„Ja, ist denn heute schon Walpurgisnacht?", versuchte er seinen schwarzen Humor unter Beweis zu stellen. Der Fahrer schüttelte ungläubig den Kopf und schaute den Glatzkopf an, als sei *der* die Hexe.

Der Wagen war schon eine gute Viertelstunde unterwegs, als Leo, der Glatzkopf, seinen Partner ansah. Seit einigen Minuten arbeitete es schwer in seinem haarlosen Kopf. Ein unangenehmes Gefühl war dabei, sich in ihm breitzumachen, fast schon eine Art Furcht. Die Furcht, etwas absolut falsch gemacht zu haben. Etwas, das man unverzüglich korrigieren müsste.

„Halt mal an. Na mach schon, da, fahr auf die alte Tankstelle drauf und schalte das Licht aus."

Als der Wagen auf der stillgelegten Tankstelle stand, wandte sich Leo seinem Fahrer zu und versuchte diesem seine Sicht der Dinge klarzumachen. Der schaute ihn nur ungläubig an und schien nicht zu begreifen, was sein Kumpel ihm sagen wollte.

Leos Augen hatten sich zu kleinen Schlitzen zusammengezogen, und eine kleine, bösartig wirkende Stirnfalte war auf seiner glatten runden Stirn zu sehen.

„Ob du es jetzt begreifst oder nicht, dreh rum! Fahr

sofort zurück! Wir müssen den kleinen Hund irgendwie erwischen. Wenn van Claassen noch lebt, kann das einen Riesenzoff geben für uns beide!“

„Ja aber ... bist du denn verrückt geworden? Da machen jetzt die Bullen rum, ich will doch nicht ...“

„Mach hin, tu einfach, was ich dir sage. Ich habe keine große Lust, noch einen Fehler zu machen. Wir müssen was geradebiegen. Jetzt gleich! Also dreh rum und fahr zurück!“

Der Mann am Steuer zuckte mit den Schultern. Er startete den Motor wieder, schaltete die Beleuchtung ein und lenkte den Wagen auf die Gegenfahrbahn. Dann gab er Gas und fuhr zurück in Richtung Oberrad. Die leichte Biegung der Offenbacher Landstraße in Höhe des Mühlbergs hatten die beiden schon ein paar hundert Meter weit hinter sich gelassen, als sich Leo mit der flachen Hand auf die Schenkel schlug.

„Die Maschine ist weg. Dieser Dries ist wieder mit dem Motorrad abgehauen.“

In diesem Moment erst achtete er auf den weißen Lieferwagen, der langsam vom Bürgersteig auf die Straße rollte.

„He, was ist das für eine Kiste?“

Kurz nachdem der Transporter losgefahren war, nahm Leo eine Bewegung auf der gegenüberliegenden Straßenseite wahr. „Halt mal an“, schnauzte er seinen Fahrer an. Der Fahrer trat auf die Bremse und der Wagen kam am Straßenrand zum Stehen. Leo beugte sich nach vorne und schaute genauer hin. Zwei Gestalten waren im Begriff, von der Böschung neben der Straße auf den Bürgersteig zu klettern.

„Da vorne. Siehst du? Ich habs geahnt. Da sind sie, alle beide! Los jetzt. Schnappen wir sie uns. Die Bullen haben da unten genug mit sich selbst zu tun. Los, los!“ Aufgeregt redete Leo auf seinen Fahrer ein.

Kevin und Tom näherten sich einem ziemlich alten weißen Peugeot. Tom zückte einen Schlüssel und öffnete die Fahrertür. Er zog den Kopf ein und setzte sich hinters Steuer. Als er sich nach rechts zur Beifahrertür beugte, um das Türschloss zu entriegeln, bremste der Mercedes direkt vor dem kleinen Wagen. Tom hörte, wie Kevin kurz aufschrie, schaute durch die Frontscheibe und sah den Mann mit dem Glatzkopf. Voller Angst zog er die Fahrertür zu, verriegelte sie mit einem schnellen Schlag auf den schwarzen Hebel am unteren Fensterende und drehte den Zündschlüssel.

Mit asthmatischem Husten sprang der Wagen an. Tom legte zitternd den Rückwärtsgang ein und gab Gas. Ein heftiges Krachen war die Folge und Glas splitterte. Verdammte Straßenlaterne. Er schlug den Schalthebel mit dem Handballen nach vorne, um den ersten Gang einzulegen. Der Motor heulte wütend auf, als er auf das Gaspedal trat. Dann riss er das Steuerrad nach links, um auf die Straße zu gelangen. Ein Blick durch die Windschutzscheibe ließ ihn schnell auf die Bremse steigen. Vor dem Peugeot stand Leo, der Mann mit der Glatze. Und Tom starrte nicht nur schreckensbleich in dessen Gesicht, sondern auch noch in die Mündung einer Handfeuerwaffe.

„Okay, du kleine Ratte, raus aus dem Wagen oder es knallt!“ Tom öffnete die Tür wieder.

„Motor aus.“ Ein gefährliches, überaus gemeines Grinsen huschte über das Gesicht des Glatzkopfs. Sein Begleiter hatte Kevin geschnappt und ihn vornüber auf die Motorhaube von Toms Wagen geworfen.

Leo ging einen Schritt auf den Wagen zu. „Raus da und Hände aufs Wagendach. Und rühr dich nicht von der Stelle, sonst hast du ein fettes Loch im Kopf.“

Tom stand vornübergebeugt gegen den Wagen gelehnt, die Arme auf das Dach gelegt. Sein Kopf lag ebenfalls dort, das rechte Ohr berührte das Blech. Mit aufgerissenen Augen sah er zu, wie der Fahrer des Mercedes Kevin wieder von der Motorhaube wegzog. Wie Kevin sich kurz darauf ruckartig nach rechts drehte und das linke Bein hochriss. Sein Fuß traf mit Wucht die rechte Hand des Glatzkopfs. Leos Hand öffnete sich, die Waffe beschrieb einen kleinen Bogen durch die Luft, fiel mit einem klackernden Geräusch auf den Asphalt und schlitterte direkt vor der Bordsteinkante in Toms Reichweite.

Tom löste sich vom Wagendach, bückte sich und nahm die Waffe auf. Mit zitternden Händen zielte er auf Leo, wollte etwas rufen, doch seine Stimme gehorchte ihm nicht sofort. Der Mann mit der Glatze bemerkte die Unsicherheit und die Angst des jungen Mannes.

„Das traust du dich sowieso nicht, du kleiner Feigling. Her mit der Knarre, bevor du dir damit selbst weh tust." Leo ging langsam auf Tom zu.

„Lass sofort Kevin los, oder ...", brachte Tom unsicher hervor.

„Oder was?", fiel ihm Leo ins Wort und kam noch näher. „Du weißt ja noch nicht einmal, wie man das Ding entsichert, du Loser. Gib endlich her!"

Der Schuss löste sich mit einem trockenen Knall. Im gleichen Moment, als Tom abdrückte, warf sich der Mann mit der Glatze auf die Seite. Eigentlich hatte Tom überhaupt nicht abdrücken wollen. Irgendwie aber hatte sich der Schuss gelöst. Er hatte nicht einmal richtig gezielt. Tom schaute auf und erschrak. Der Fahrer stand mit großen Augen vor dem weißen Peugeot und schaute fast so erschrocken wie Tom.

Kevin hing schlaff in seinen Armen und rührte sich nicht.

In der gleichen Nacht

7

Diogenes strich mit aufgerichtetem Schwanz um Karlos Beine und schnurrte vernehmlich. Der schwarze Kater fühlte sich hörbar wohl. Er war auf dem Kleingartengelände in Oberrad heimisch geworden, nachdem Kristin und Wolfhard Kuhl ihm ein Zuhause in Form eines alten Bierfasses zur Verfügung gestellt hatten. In dieser Beziehung hatte das Katzentier mit Karlo Kölner etwas gemein. Auch Karlo durfte, da er seine Wohnung vor einiger Zeit verloren hatte, hier im Garten wohnen. In einem Häuschen, das Kuhl und seinen Motorradkumpels als Vereinstreff diente. Wolfhard Kuhl zeichnete für die Finanzen dieses Motorradvereins verantwortlich, sozusagen als Kassenwart.

Karlo hatte vor ein paar Monaten eine tote Frau auf dem Gartengelände entdeckt und sich vor lauter Furcht, als Täter zu gelten, nicht besonders klug verhalten. Er war damals gerade aus dem Gefängnis gekommen, weil er zuvor einem Nebenbuhler ein paar Rippen gebrochen hatte. Kölner war der Überzeugung gewesen, als ehemaliger Strafgefangener würde ihm sowieso niemand glauben und hatte sich damals einfach abgesetzt. Und noch etliche andere Dummheiten angestellt. In bester Absicht, natürlich, doch gerade deshalb war er in Verdacht geraten. Er strich seine sich langsam silbrig färbenden Haare aus der Stirn, wodurch man seiner fortgeschrittenen Geheimratsecken gewahr wurde. Er war nun sechsundfünfzig Jahre alt, und er hatte sich fest vorgenommen keine Dummheiten mehr zu machen. Erst nachdenken und dann handeln sollte ab jetzt seine Devise sein. Oder sich auch zuerst mit seinen Freunden zu besprechen, die er zweifelsohne hatte. Die auch entscheidend dazu beigetragen hatten, dass er nach seinen ungeschickten Eskapaden jetzt nicht wieder im Gefängnis saß, sondern ein freier Mann war. Wenn auch nur auf Bewährung, aber immerhin.

Und nicht nur das war besser geworden für Karlo. Herbert Reinfeld hatte ihm einen kleinen Job in seiner Dietzenbacher Firma gegeben. Ein paar Renovierungsarbeiten hier und da, einige Botengänge, und manchmal durfte Karlo auch mit dem großen Lieferwagen der Firma Material abholen oder fertige Produkte des Betriebes zu den Kunden ausliefern.

Karlo hatte eine Dose Katzenfutter aufgemacht und befüllte ein kleines Schälchen. Es war spät geworden, und er gedachte, Diogenes damit aus der Hütte zu locken. Wozu hatte der Kater denn sein Bierfass?

Laut maunzend folgte ihm sein Mitbewohner, als er mit dem Katzenfutter vor die Tür ging. Er stellte das Schälchen links neben den Türeingang, und der Kater fiel gierig darüber her. Kurz schweifte Karlos Blick in Richtung Offenbacher Landstraße, die etwas erhöht vor dem Garten verlief und dabei eine leichte Biegung machte. Eine Straßenbahn ratterte vorbei in Richtung Stadtgrenze Offenbach.

Karlo zog sich wieder ins Innere des Gartenhauses zurück und warf die Tür ins Schloss. Er holte sein Feldbett, das er tagsüber im Getränkeraum des Gartenhäuschens lagerte, klappte es auseinander und begann, sein Nachtlager zu richten. Dann ging er zu dem kleinen alten Fernsehgerät und schaltete es aus. Am späten Abend war ein alter Western gelaufen, mit blutrünstigen Indianern, die eine Postkutsche überfielen. Niemand in der Postkutsche hatte überlebt. Es war ein scheußliches Gemetzel gewesen. Eigentlich mochte Karlo keine Western, und er ärgerte sich, dass er dem Glotzkasten nicht widerstanden hatte. Ein Blick auf seine zerkratzte Armbanduhr zeigte ihm, dass es schon fast Mitternacht war. Er zog sich bis auf seine Unterwäsche aus und schüttelte noch einmal sein Kopfkissen auf, bevor er sich in seinen Schlafsack zwängte. Im Liegen löschte er das Licht der kleinen Leselampe, die neben seinem Feldbett auf einem wackeligen Stuhl stand. Es dauerte keine zehn Minuten, dann hörte man ein leichtes Schnarchen.

–

Die Postkutsche rumpelte über unwegsames Gelände. Im Seitenfenster sah man die Landschaft schnell vorüberfliegen. Die harten Stöße im Rücken waren schier unerträglich. Karlo konnte das triumphierende Kampfgeschrei der Indianer hören, die das schaukelnde Gefährt verfolgten. Er zog seinen Smith & Wesson aus dem Holster und lehnte sich aus dem Seitenfenster. Entsetzt registrierte er, wie die Rothäute der Kutsche immer näher kamen. Er versuchte zu zielen, und als er den ersten Reiter im Visier hatte, bemerkte er, dass er mit einer Banane auf den Verfolger angelegt hatte. Irritiert zog er sich in die Kutsche zurück und erblickte Wolfhard Kuhl, der ihm plötzlich gegenübersaß. Der hatte einen gewaltigen Federschmuck auf dem Kopf und grinste ihn höhnisch an. Karlo war geblendet von dem Lichtkegel einer übergroßen Taschenlampe, die Kuhl auf seine Augen gerichtet hatte. Er wollte sich bewegen, doch das war nicht leicht, weil er mit einem Mal bis zum Hals in einem Schlafsack steckte. Er hörte noch ein lautes Krachen und Splittern, bevor der Lichtstrahl unerträglich und ihm klar wurde, dass er nur geträumt hatte. Er bemerkte das grelle Licht, das durch ein Fenster des Gartenhauses genau auf sein Gesicht schien. Karlo schwor sich, Western in Zukunft zu meiden.

Der helle Lichtschein allerdings war immer noch vorhanden. Verflixt, was war denn da draußen los? Fluchend pellte er sich aus seinem Schlafsack. Er war schon an der Tür angelangt und hatte die Deckenlampe eingeschaltet, als er bemerkte, dass er noch in der Unterhose dastand. Hastig zog er sich die Latzhose über, die er immer bei der Gartenarbeit trug, schlüpfte schnell in seine braunen Sandalen und öffnete die Tür einen Spalt.

Was er sah, ließ ihn kurz stutzen. Oberhalb des Gartens, an der Offenbacher Landstraße, war der Zaun durchbrochen. Abwärts war im Schein der Straßenlaternen eine breite Schneise in der Brombeerhecke zu erkennen. Zirka zehn Meter von der Hütte entfernt stand ein teurer Sportwagen. Eigentlich lag er mehr auf der Seite, als dass er stand, gestützt von dem alten Kirschbaum, der im letzten Jahr nur diese ekelhaft wurmigen Früchte geliefert hatte. Das rechte Vorderrad drehte sich langsam und verursachte dabei ein schabendes Geräusch. Die Scheinwerfer des Automobils leuchteten geradewegs durch das vordere Fenster von Karlos provisorischem Schlafgemach.

Karlo rieb sich die Augen. Kein Traum, oder? War da

tatsächlich einer von der Straße abgekommen und im Garten des Clubs eingeschlagen? Er verließ die Hütte und ging vorsichtig auf den demolierten Sportwagen zu. Das Dach war eingedrückt, der Wagen musste sich mindestens einmal überschlagen haben.

Karlo schaute durch das linke Seitenfenster. Es war eingedrückt und die Scheibe hatte sich in tausend kleinen Splittern im Innenraum des Wagens verteilt. Er sah den reglosen Körper eines Mannes auf der Fahrerseite im Sicherheitsgurt hängen. Der Airbag hatte ausgelöst und hing schlaff vor dem Fahrer. Dunkler Anzug, Krawatte, der teure Wagen – sicher irgend so ein reicher Sack, der etwas zu tief ins Glas geschaut hatte, schoss es ihm durch den Kopf.

Der Kopf des Fahrers war zur Seite geneigt und ruhte auf der linken Schulter. Durch die schräge Stellung des Wagens am Kirschbaum war es Karlo nicht möglich, die Fahrertür zu öffnen. Er umrundete das Fahrzeug und zog die Beifahrertür mühsam nach oben. Als er in den Innenraum schaute, sah er den Koffer, der sich zwischen Fahrer und Mittelkonsole eingeklemmt hatte.

„Hallo, Sie da, hören Sie mich?“ Karlo stieß vorsichtig gegen die Schulter des Mannes, der in dem leicht gedehnten Sicherheitsgurt baumelte. Keine Reaktion. Er fasste mit dem Mittelfinger der linken Hand seitlich an den Hals des Unfallopfers. Er konnte nichts spüren.

Er rannte zurück zum Gartenhaus, schnappte sich sein Handy und wählte den Notruf. Dann ging er langsam zurück zum Wagen. Sein Schreck war nicht gewichen, nein, ganz im Gegenteil. Der Mann wirkte wie tot. Wenn er aber doch noch lebte? Was dann? Er traute sich nicht, etwas zu tun. Wie lange war das her mit dem Erste-Hilfe-Kurs? Verzweifelt versuchte er sich zu erinnern. Wenn er nun den Mann einfach aus dem Wagen zerrte, verletzte er ihn womöglich noch schlimmer.

Und dann dieser Koffer! Eine gewisse Magie schien von dem rotbraunen Transportbehältnis auszugehen, ja, beinahe schien er zu leben.

„Schau mich an. Hier liege ich. Ich, dein Koffer. Wer mich findet, darf mich behalten. Öffne mich, öffne mich ..."

Was war das nur für ein Koffer? Karlo schüttelte sich. Er wehrte sich gegen diesen Gedanken. Doch unversehens stand er wieder vor der geöffneten Beifahrertür. Sollte er ...? Nein! Gleich war sowieso der Notarztwagen da und da konnte er doch nicht ... oder?

Er drehte sich weg. Blieb zögernd stehen. Drehte sich wieder zum Wagen. Stellte sich auf die Zehenspitzen. Schaute ins Wageninnere.

Und angelte gierig nach dem Koffer.

In seinem Bauch allerdings spürte er ein ungewohntes Kribbeln. Was, zur Hölle, war das denn? Karlo Kölner bekommt ein schlechtes Gewissen? Zum Henker damit!

Das Martinshorn wurde abrupt lauter. Karlo sah die Lichtkegel der Scheinwerfer und das Blaulicht des Notarztwagens, gefolgt von einem Streifenwagen der Polizei. Ein ungutes Gefühl machte sich in Karlo breit. Der Koffer in seiner Hand wurde schwerer und schwerer. Bevor der Krankenwagen am Garten zum Stehen kam, lief er zu dem Holzstoß, der am hinteren Teil der Gartenhütte aufgestapelt war, und klemmte den Koffer dahinter. Er wirbelte herum und rannte zur Gartentür, um die Rettungsmannschaft hereinzulassen. Mit fahrigen Bewegungen nestelte er am Schloss und öffnete das Tor. Er riss die Augen weit auf, schaute die Sanitäter kurz an und deutete stumm auf den verbeulten Sportwagen.

–

Der Mann in Uniform war augenscheinlich in seinem Element.

„Mann, Kölner, du wohnst ja immer noch in dieser Hütte. Und du ziehst die Probleme noch immer an wie Pferdeäpfel die Fliegen! Na ja, wer vermietet einem Kerl wie dir auch eine normale Wohnung. Dreck zieht eben Dreck an!"

Polizeiobermeister Dietmar Hund funkelte Karlo triumphierend an. Karlo schaute dem Streifenpolizisten über die Schulter und sah in das sehr misstrauische Gesicht von Manfred Haffmann, dem kleinwüchsigen Kollegen des Polizisten.

„Wir rufen besser mal Verstärkung. Wo Kölner draufsteht, steckt auch Kölner drin. Da ist doch immer was faul!"

„He, Jungs, jetzt macht mal halblang. Ich habe schon lange geschlafen, da kam der Kerl hier in den Garten geflogen. Was soll ich damit zu tun haben? Außerdem kenne ich den Typen gar nicht! Oder glaubt ihr, ich hab hier einen Sportwagenmagneten installiert?"

„Schnauze, Karlo! Da soll sich besser die Kripo drum kümmern. Diesmal kommen sie dir drauf, verlass dich ... verdammter Mist, was ist denn das?"

Hund hob seinen rechten Fuß an und begutachtete die Unterseite seines Schuhs. Ein großer klebriger Klumpen einer wunderbar geschmeidigen, allerdings auch ekelhaft stinkenden Masse haftete an der Sohle. Hund war einer ziemlich frischen Hinterlassenschaft des schwarzen Katers Diogenes sozusagen auf den Leim gegangen.

Sein Kollege Haffmann konnte nicht an sich halten. Er ließ ein blechernes Lachen vernehmen und krähte fröhlich in die Dunkelheit: „Na, das ist ja der Hammer! Ich kann morgen früh schon die Schlagzeile in der Zeitung sehen: Hund trat in Katzenscheiße ..."

„Ach, halt die Klappe, du Blödmann!" Hund explodierte buchstäblich. „Schwing deinen Hintern lieber ans Funkgerät und ruf die Polizei!"

„Aber, Dietmar, äh ...", Manfred Haffmann wirkte sehr kleinlaut, „sind wir denn nicht die Polizei?"

„Du weißt ganz genau, was ich meine!" Dietmar Hund schäumte und wurde noch wesentlich lauter. „Mach hin, sonst trete ich dir mit meinem dreckigen Schuh genau da hin, wo du es am wenigsten gern hast!"

Karlo grinste sein grausamstes Grinsen.

„Wie war das eben noch? Dreck zieht Dreck an ... hm?"

Er drehte sich um, ließ die Streithähne stehen und ging in die Hütte. In der Küche angekommen, hantierte er mit der Kaffeemaschine. Wenn Pat und Patachon da draußen wirklich die Kripo holten, würde ganz sicher Georg Gehring auftauchen. Und der liebte guten Kaffee. Karlo hatte da so seine Erfahrung mit dem Hauptkommissar. Und es konnte ja nicht schaden, sich mit dem Polizisten gut zu stellen. Also griff er nach der goldenen Tüte mit Kuhls privatem Kaffee, den dieser sich mittlerweile in Fechenheim besorgen konnte: Dort hatte sich nämlich ein alteingesessener Elektrogerätehändler über eine große Bohnenröster-Kette geärgert, weil diese mittlerweile mehr Umsatz mit Elektrogeräten und anderen Waren machte als mit ihrem angestammten Kerngeschäft, dem Kaffee. Im Gegenzug hatte der clevere Geschäftsmann mit Kuhls Lieblings-Kaffeeröster verhandelt und verkaufte jetzt neben seinen Toastern, TV-Geräten, Kühlschränken und Waschmaschinen auch noch guten Kaffee. Und zwar besseren Kaffee, als besagte Kette ihren Kunden zu bieten gewillt war. So dachte zumindest Kuhl. Und auch Hauptkommissar Gehring hatte keine Bedenken, dieser qualitätsgeprägten Gedankenführung ein sehr weites Stück zu folgen. Karlo befüllte also die alte kleine Handmühle mit der aromatischen Bohnenmischung. Minuten später schnorchelte Kuhls Kaffeemaschine leise vor sich hin, und ein verführerischer Duft breitete sich im Gartenhäuschen aus.

–

Hauptkommissar Gehring sah müde aus. Einen Schritt hinter ihm bewegte sich mit eingezogenen Schultern der nicht minder schläfrige Kommissar Harald Reichard.

„Herzlichen Dank für die Nachtschicht, Kollegen", Reichard klang vorwurfsvoll, „was ist denn passiert? Verkehrsunfall? Was haben wir damit zu tun?"

„Da stimmt etwas nicht, Herr Gehring." Dietmar Hund ignorierte Kommissar Reichard und hatte sich an den Hauptkommissar gewandt.

Gehring kannte wohl das übersteigerte Selbstbewusstsein der beiden Streifenbeamten, das zumeist in einem krassen Missverhältnis zu ihren beruflichen Erfolgen stand. Aber vielleicht hatten sie diesmal ja wirklich etwas bemerkt.

„Was macht Sie denn da so sicher?" Gehring massierte mit dem Zeigefinger sein rechtes Ohrläppchen. Er hielt den

Kopf etwas schräg und beobachtete den Streifenpolizisten genau.

„Na ja, das ist eher so ein Gefühl. Aus der Kurve da oben fliegt man nicht so einfach raus. Da muss man schon ganz schön Gas geben. Wir wollten einfach keinen Fehler machen ... und dann noch der Herr Kölner mittendrin, und da dachten wir ...“ Dietmar Hund kam ins Stocken und sah betreten zur Seite.

„Puh, hier riecht es ja widerlich nach Katzenscheiße!“ Streng fixierte Kommissar Reichard den langen Streifenbeamten, der während des Gesprächs seinen rechten Schuh immer wieder verstohlen an einem Grasbüschel gerieben hatte.

Hund senkte den Kopf und biss sich wütend auf die Unterlippe. „Hier stinkt noch viel mehr, wenn Sie mich fragen!“, bemerkte er düster. Schroff drehte er sich weg und ging sichtlich beleidigt zu seinem Streifenwagen. Manfred Haffmann folgte ihm unsicheren Schrittes.

Georg Gehring hatte die Hand ans Kinn gelegt und dachte nach. Er kannte das Gartengelände sehr genau. Zum zweiten Mal innerhalb eines Jahres stand er nun hier. Im Verlauf einer Mordermittlung hatten er und seine Kollegen damals diesen Garten genauestens in Augenschein genommen. Karlo Kölner hatte neben der Gartenhütte eine tote Frau gefunden, mit einer Sense ermordet, und war im Verlauf der Ermittlungen nicht zuletzt durch sein unglückliches Verhalten selbst in Verdacht geraten.

Gehring schnupperte. Was er jetzt roch, hatte mit der Katze nichts zu tun. Das war doch ... „Bitte schön, Herr Hauptkommissar, frisch gemahlen und gebrüht.“

„Vielen Dank, Herr Kölner, sehr aufmerksam.“ Gehring nahm dankbar einen Schluck des starken Gebräus und schloss die Augen. Vielleicht hatten die beiden Burschen von der Streife ja recht. Es war nicht sehr wahrscheinlich, dass ein Wagen so einfach aus dieser leichten Kurve getragen wurde. Als er ausgetrunken hatte, gab er Karlo die Tasse zurück.

„Kommen Sie mit, Reichard, schauen wir uns das Ganze mal aus der Nähe an.“

Gehring trat aus der Hütte und registrierte im Augenwinkel eine Bewegung am Eingang des Gartens. Er drehte den Kopf. Verwundert nahm er eine ältere Dame wahr, die unentschlossen vor dem Gartentor stand. Streifenpolizist Haffmann hatte die Frau ebenfalls gesehen und steuerte zielstrebig auf sie zu. „Bitte gehen Sie weiter. Hier gibt es nichts zu sehen. Gehen Sie!“ Er machte eine abwehrende Bewegung. „Jetzt kommen die Gaffer schon mitten in der Nacht, nicht zu fassen ...“

„Aber ich kann Ihnen doch ...“, die Frau verstummte, als Haffman die Arme hob und einen Schritt auf sie zuging.

Gehring hatte sich der Szene inzwischen interessiert genähert. „Lassen Sie nur, Haffmann, lassen Sie nur. Ich kümmere mich um die Dame.“ Der Hauptkommissar nickte der Frau freundlich zu. „Können wir etwas für Sie tun?“

„Nein, aber vielleicht kann ich etwas für *Sie* tun.“ Georg Gehring zuckte erschrocken zusammen. So eine knurrige Bassstimme hätte er der alten Frau gar nicht zugetraut. Er betrachtete sie aufmerksam. Sie hatte eine kurze lilafarbene Steppjacke über die Schultern geworfen. Darunter trug sie einen blassgrün geblümten Morgenmantel. Zwei dürre Beine ragten daraus hervor. Diese steckten bis kurz unterhalb der Knie in schwarzen Wollstrümpfen. Darüber hatte sie ein Paar abgetretene Sandalen gezogen. Gehring musste grinsen, als er ihre Frisur registrierte. Diese hatte verblüffende Ähnlichkeit mit einer großen Portion Zuckerwatte, nicht nur in Farbe und Volumen, sondern auch in der Konsistenz. So mutmaßte zumindest Hauptkommissar Gehring, traute sich aber nicht so recht, Letzteres zu überprüfen.

„Und was können Sie für uns tun?" Ebenso unbemerkt wie neugierig tauchte Kommissar Reichard hinter seinem Chef auf. Der legte den Kopf schräg und guckte die Frau erwartungsvoll an.

„Na, ich hab doch gesehen, wie der Rowdy das schöne Auto bedrängt hat. Ist doch immer das Gleiche mit den Motorradfahrern. Nicht dass Sie glauben, ich sei neugierig. Aber ich schlafe so schlecht die letzte Zeit. Und da habe ich gerade aus dem Fenster gesehen, wie der Motorradfahrer das Auto ausgebremst hat. Da musste das Auto ausweichen. Weil es ja hinter dem Motorrad her gefahren kam. Aus Richtung Sachsenhausen. Ein bisschen zu schnell war der Wagen schon. Ich hab gedacht, weiter vorne, da wird er dann gewiss geblitzt. Aber da musste das Auto auf einmal ausweichen. Tja, und der schlitterte dann über die Straße und flog die Böschung runter, geradewegs in den Garten. Und der Rüpel mit dem Motorrad ist einfach weitergefahren."

„Das ist ja ein Ding!" Reichard stellte ein ungläubiges Gesicht zur Schau. „Da soll ein einfaches Motorrad diese PS-Bombe von der Straße gedrängt haben? Na ja, auf jeden Fall vielen Dank, meine Dame, da wissen wir jetzt wenigstens, wie alles passiert ist."

Reichards Interesse war nach der Aussage der Frau verflogen und er wandte sich ab.

Gehring schaute Reichard unwillig nach und wollte gerade etwas sagen, als die Frau entrüstet nachbohrte: „Sagen Sie bloß, Sie wollen das Kennzeichen nicht wissen?"

Unterdessen hatte auch Karlo gemerkt, dass es Neuigkeiten gab. Er war wie zufällig zu den drei Personen hinübergeschlendert und hatte sein harmlosestes Gesicht aufgesetzt.

„Das Kennzeichen? Sie haben sich das Kennzeichen gemerkt? Von dem Motorrad?" Reichard war wieder herumgewirbelt.

„Ja, von was denn sonst?", brummte die Frau verdrossen. „Pferdefuhrwerke fahren hier nicht mehr so oft. Und nicht nur gemerkt. Aufgeschrieben hab ich es, notiert, hier, schauen Sie nur!" Sie ignorierte Reichard und hielt Hauptkommissar Gehring einen Zettel unter die Nase.

Vorsichtig trat Karlo neben den Kommissar und versuchte, einen Blick auf den Zettel zu erhaschen. Gehring hatte jedoch schneller reagiert, sich das Stück Papier flink geschnappt und dann in seiner Manteltasche verschwinden lassen. Zufrieden grinsend drehte er den Kopf zu Karlo Kölner. Die Frau mit der Zuckerwattefrisur allerdings hatte ein Einsehen mit den Neugierigen dieser Welt.

„Nicht dass ich das hätte tun *müssen*, das mit dem Aufschreiben. Ich bin zwar alt, aber noch nicht verkalkt, glauben Sie mir. Da gibt es andere, ich könnte Ihnen Dinge von meinen Freundinnen erzählen, na ja ..."

Sie nannte das Kennzeichen und schaute die Beamten siegesgewiss an. „Ja, das stand auf dem Nummernschild, schauen Sie nur nach. Stimmts oder nicht?"

Jetzt war es an Karlo, breit zu grinsen. Dann schoss ihm das Blut in die Wangen, und er wurde schlagartig ernst. Wie war das? Mensch, dieses Kennzeichen, das war doch ... nein, das konnte doch nicht sein ... der war doch mit den anderen ... aber scheinbar doch nicht! Karlo war verwirrt.

Karlo Kölner wiegte den Kopf ein paarmal hin und her, drehte sich dann auf der Stelle um und lief langsam, aber zielstrebig auf den Eingang seiner provisorischen Behausung zu. Er zog die Tür auf und verschwand im Inneren der Hütte. Zwei Minuten später hatte er sein Handy am Ohr und lauschte angestrengt einer weiblichen Stimme, die ihm etwas sagte, was er momentan überhaupt nicht hören wollte: „Der Teilnehmer ist vorübergehend nicht erreichbar ... bitte versuchen Sie es zu einem späteren Zeitpunkt noch einmal."

Karlo drückte auf die Taste mit dem roten Hörersymbol. „So ein verdammter Mist," flüsterte er gepresst. Er warf das Handy auf den Tisch und rieb sich mit beiden Daumenballen die Augen. Langsam formte sich eine Idee in seinem Kopf.

Eine sehr, sehr schräge Idee!

–

Karlo hatte den großen Lieferwagen von Reinfelds Firma noch vor dem Garten geparkt, da er auf dem Nachhauseweg noch etwas ausliefern sollte. Innerlich war er nun ziemlich aufgewühlt. Äußerlich allerdings versuchte er, gelangweilt zu wirken. Soweit ihm das jetzt möglich war.

„Ich kann jetzt sowieso nicht mehr schlafen. Ich fahre zum Tanken, danach mache ich mich in Dietzenbach an die Arbeit. Da renoviere ich gerade die Westfassade von Herrn

Reinfelds Halle. Sie brauchen mich ja hier nicht! Ich stehe sowieso nur im Weg rum. Und wenn Sie fertig sind, ziehen Sie das Tor einfach ins Schloss, ja?“

Gehring wirkte nicht sehr überzeugt, dachte Karlo. Der aber winkte kurz ab. „Gehen Sie nur, Herr Kölner, gehen Sie nur. Wir kennen uns hier ja schon aus, nicht wahr?“

Schwang da nicht ein leichter Sarkasmus mit? So kam es Karlo zumindest vor.

Kölner betrat eilig die Hütte, durchquerte die Küche und lief in den hinteren Raum, in dem die Getränke abgestellt waren. Er wandte sich einem schmalen Spind aus Eisenblech zu und zog ihn auf. Einen Moment noch sah er zögernd ins Innere, dann griff er sich den kleinen Werkzeugkasten mit der angestoßenen blauen Hammerschlaglackierung, verließ die Hütte und sah zu, dass er aus dem Garten verschwand. Er warf sich in Reinfelds Transporter, startete das große Fahrzeug und chauffierte es den asphaltierten Feldweg entlang durch die Gärten. An seinem Ende mündete der Weg in die Offenbacher Landstraße. In diese wiederum bog er nach links ab.

Er war kaum ein paar hundert Meter gefahren, als er links auf dem Bürgersteig eine kleine rot-weiße Enduromaschine stehen sah. Sie versperrte den halben Fußweg, als sei sie in größter Eile abgestellt worden. Karlo registrierte das Nummernschild.

Spätestens jetzt gab es für Karlo kein Zurück mehr! Gute Vorsätze? Ausgeblendet. Gehirn? Ausgeschaltet. Gesunder Menschenverstand? War doch sowieso nur ein Mythos. Oder ein probates Mittel irgendwelcher Spießbürger, ihre konservativen Ansichten und Handlungen zu sanktionieren.

Karlo hielt am Straßenrand direkt neben der kleinen Enduro. Er öffnete die hinteren Klapptüren. Fuhr die Hubplatte nach unten. Begutachtete kurz die Maschine. Nicht abgeschlossen. Schob das Motorrad auf die Hubplatte. Fuhr dieselbe hoch und fixierte dann das Motorrad mit einem Gurt im Inneren des Transporters an einer Ladewand. Dann schnappte er sich einen Spanngurt und verband den Rahmen des Motorrads fest mit einer Haltestrebe an der Seitenwand.

Nach fünf Minuten saß Karlo wieder grimmig entschlossen im Wagen und fuhr durch Oberrad. Eigentlich war es ja schon ganz gut, dass er die Maschine hier aufgegabelt hatte. Zufall. Aber er wollte es richtig machen, und da gab es jetzt noch einiges zu tun.

Er durchquerte Offenbach besonders aufmerksam. Auf keinen Fall wollte er jetzt angehalten oder gar geblitzt werden. Er fuhr mit genau fünfzig Kilometern in der Stunde am Offenbacher Hafengelände vorbei, zeigte dem schwenkbaren Blitzgerät mit giftigem Blick den Mittelfinger und fuhr unterhalb der Carl-Ulrich-Brücke links in Richtung Rumpenheim. Dort angekommen, fast am Ende der Hauptstraße, bog er links in eine kleine Seitenstraße ab, und kam vor einem älteren Haus mit einer weißen Fassade zum Stehen. Er drehte schnell den Zündschlüssel, und der Motor erstarb.

Karlo Kölner beugte sich nach rechts, um aus dem Beifahrerfenster zu sehen. Kein Licht im Haus, alles dunkel und ruhig. Warum auch nicht, dachte er. Mittlerweile war es viertel nach drei.

Einen kurzen Moment lang stand er vor dem grauen Flügeltor der Hofeinfahrt. Seine rechte Hand hatte sich fest um den Griff des blauen Werkzeugkastens gekrallt. Wäre es hell gewesen, hätte man gesehen, wie sich die vier Knöchel der Hand kreideweiß am oberen Handrücken abzeichneten.

Ein leichtes Ziehen in der Magengegend ließ ihn noch einen kurzen Augenblick zögern. Dann zerstreute er seine Bedenken und machte sich an die Arbeit. Er, Karlo, meinte es doch gut. Er wollte nur helfen ...

Freitag, 23. Mai

8

Das ältliche Pärchen an der linken Seite der Theke, alle kannten sie nur unter dem Namen Fritz und Greta, hatte seinen allabendlichen Stammplatz schon eingenommen und hielt wie immer unverdrossen Händchen. Sie schauten nur kurz in Richtung Eingang, als die blonde Frau den Gastraum betrat. Auch Kneipenwirt Harry Weber blickte kurz auf und nickte einen knappen Gruß in Richtung des neuen Gastes. Die Frau steuerte auf die Theke zu und beschlagnahmte einen der wackeligen Barhocker.

Weber hatte dem Pärchen gerade zwei Spezialgedecke gereicht. Diese bestanden jeweils aus einem Glas türkischem Rotwein sowie einem Fernet Branca auf Eis. Selbst die härtesten Trinker Fechenheims, und derer gab es nicht wenige, konnten nicht nachvollziehen, wie man dieses unglaubliche Gemisch einen ganzen Abend lang überstehen konnte. Geschmacklich wie auch konditionell. Doch wie auch immer, Fritz und Greta konnten.

Weber drehte sich um und kam verbindlich lächelnd auf die blonde Frau an der Theke zu. Besorgt registrierte er den desillusionierten Blick der sonst so lebenslustigen Frau.

„Na, Jeannette, wer hat dir denn die Wäsche von der Leine geklaut?“ Weber bemerkte schnell, dass er übers Ziel hinausgeschossen war. „Stimmt was nicht? Ist was passiert? Kann ich dir irgendwie helfen?“

„Ach Harry, lass mal gut sein. Ist schon alles okay. Sag mal, letzten Freitag, als hier diese Band gespielt hat, ja? Da haben sich da hinten in der Ecke drei Jungs sinnlos die Lichter ausgeblasen. Denen hattest du irgendetwas gemixt, das nicht auf der Karte stand. Was war das?"

Harry Weber überlegte kurz.

„Voodoo", grinste er dann. „Ich nenne das Voodoo. Wer keine Zeit hat, sich stilvoll zu betrinken oder eine Leber wie eine Chemiefabrik hat, der bestellt so was."

„Gut. Einen Voodoo also bitte für mich."

„Bist du sicher? Ich meine, willst du nicht erst einmal wissen, was da alles drin ist?"

„Ich schau dir einfach zu, wenn du das Zeug zusammenmischst."

„Aber du solltest wenigstens ..."

„Jetzt mach schon hin! Ich möchte was trinken, nicht diskutieren. Ich falle schon nicht vom Hocker!"

„Wie du willst. Ich hab nur gedacht ..."

Jeannette funkelte ihn angriffslustig an. Harry verstummte augenblicklich, senkte sein langsam ergrauendes Haupt gespielt demutsvoll und begann mit dem Shaker und etlichen Flaschen Hochprozentigem zu hantieren.

–

Das eine oder andere Bierchen heute Abend wäre mir schon recht, dachte Karlo. Er brauchte dringend Ablenkung. Irgendwie ging es nicht recht voran mit Jeannette und ihm. Immer wenn er dachte, es käme wieder alles ans Laufen so wie früher, fing sie an rumzudrucksen. Okay, sie hatte Bernd Sitka den Laufpass gegeben. Diese Affäre mit dem hübschen Jammerlappen hatte Karlo ihr verziehen, er selbst war ja auch kein Kind von Traurigkeit. Und Sitka hatte damals auch seinen Teil abgekriegt. In Gedanken sah er ihn noch deutlich vor der Klotür in der Bluesmühle liegen, nachdem er ihm die eine oder andere Faust verpasst hatte. Aber Jeannette, ja, vermutlich suchte sie irgendeine Sicherheit und ahnte, dass Karlo sie ihr nicht geben konnte. Wie auch immer, heute sollte es ihm egal sein. Er wollte mal wieder richtig unter Leute. Überdies spielte heute Abend eine Rockband aus Fechenheim in der Bluesmühle. Und so gedachte er, sich den Kopf mal kräftig freiblasen zu lassen.

Aus diesem Grund ließ er auch das MZ-Gespann, das er leihweise von Kuhl bekommen hatte, um halbwegs mobil zu sein, hinter dem Clubhaus stehen. Auch so ein Beitrag zum Vernünftigwerden. Also wollte er sich gerade sein neues Fahrrad greifen. Wobei der Begriff neu relativ war. Karlo hatte wieder mal den Sperrmüll geplündert und sich aus etlichen Wracks ein feines funktionstüchtiges Zweirad fabriziert. Keiner machte ihm das nach.

Apropos Vernünftigwerden! Karlo hielt inne. Der Koffer! Er hatte in dem Durcheinander den Koffer ganz vergessen. Er wandte sich wieder von seinem Fahrrad ab und lief hinter das Gartenhaus. Am Holzstoß angekommen, beugte er sich über das aufgeschichtete Brennmaterial. Fühlte den Griff des Koffers und zog ihn aus dem Versteck. Dann steuerte er wieder auf die Eingangstür zu, betrat die Hütte und schloss die Tür hinter sich. Er legte den Koffer auf den Tisch, der vor der Eckbank in der rechten Ecke des vorderen Raumes stand und drückte auf das Schnappschloss. Abgeschlossen. Karlo überlegte nur kurz. Sehr kurz. Er eilte durch die Küche in den Raum, den die Clubmitglieder als Getränkelager benutzten. Dort griff er sich die Werkzeugkiste und flitzte zurück in den vorderen Raum. Mit fliegenden Fingern untersuchte er den Inhalt des Blechbehälters und zog schließlich einen alten Meißel und einen großen Hammer hervor. Karlo musste den Meißel an verschiedenen Stellen ansetzen, doch schließlich gab der Aktenkoffer den heftigen Schlägen nach.

Der Koffer sprang auf wie eine gesprengte Muschel. Kleine Päckchen mit einem weißen, pulverförmigen Inhalt purzelten heraus.

Ein Stich fuhr Karlo durch den Magen. Was hatte er nur wieder angestellt? Er dachte an Hund und Haffmann und wie die beiden ihn misstrauisch gemustert hatten, gestern Nacht. Dachte an den netten Hauptkommissar, der ihn scheinbar nicht verdächtig gefunden hatte. Hastig klaubte er die Päckchen zusammen. Stopfte sie zurück in den Koffer, klappte ihn zu und steckte ihn in die Einkaufstasche aus Leinenstoff, die an der Türklinke zum Eingang bereithing. Dann nahm er den Werkzeugkasten mit der freien linken Hand und ging zurück ins Getränkelager. Dort platzierte er den Kasten wieder an seinem alten Standort. Danach wandte sich Karlo dem alten Bäckereiofen zu, der funktionstüchtig angeschlossen an der rechten Wand hinter der Durchgangstür stand. Mit einiger Kraft gelang es ihm, das Päckchen in den Spalt zwischen der Rückwand des Ofens und der Hüttenwand zu drücken. Ein beklemmendes Gefühl stieg in ihm auf! Jetzt brauchte er ganz sicher einen guten Schluck!

Er warf sich also seine Lederjacke über und trat in den Garten. Schaute über die Wiese und bemerkte Diogenes, den schwarzen Kater, der ihn anklagend anschaute. „Nee, mein Kleiner, heute musst du dir ein paar Mäuse fangen. Ich habe momentan kaum Geld für mein eigenes Futter. Und heute will ich einen trinken gehen. Da brauch ich meine Kohle selber. Nächste Woche, ja, da kauf ich dir wieder ein paar leckere Sachen, versprochen."

Karlo verstummte und schaute betreten. Froh, jetzt nicht in den Spiegel sehen zu müssen, ging er zu dem kleinen Verschlag, in dem sein Fahrrad stand, zog den Schlüssel aus der Tasche und öffnete das schwere Bügelschloss. Das Ding war extrem teuer gewesen und kaum zu knacken. Selbst er, Karlo, würde mindestens zwanzig Minuten brauchen. Das richtige Werkzeug vorausgesetzt. Welches Karlo durchaus besaß. Aber aus welchem Grund sollte er sein eigenes Schloss knacken?

Vor dem Garten angelangt, verriegelte er das Eingangstor und schwang sich auf sein Velo. Er schaute noch einmal zurück und sah Diogenes gelangweilt gähnen. Dann rollte er langsam den asphaltierten Feldweg in Richtung Bahndamm.

–

Harry Weber schaute kurz auf, als Karlo die Eingangstür aufzog und den Gastraum betrat. Er bemerkte Karlos wunden Gesichtsausdruck, als dieser die blonde Frau am Tresen sah und lächelte halb verlegen, halb verstehend. Karlos Blick war weich und schien zu fließen wie Honig.

„Hallo, guten Abend Jeannie."

Kurz schaute Karlo Kölner der hübschen Frau in die Augen, umrundete die hufeisenförmige Theke und setzte sich schräg gegenüber auf einen der kippeligen Barhocker.

„Pils?“ „Pils!“ Harry nickte knapp, zog ein Bierglas kurz durch das trübe Wasser des Spülbeckens, schüttelte es nachlässig ab, hielt es unter den Zapfhahn und ließ das goldgelbe Getränk hineinlaufen.

Karlo wischte mit der Rechten über die Theke und legte die Hände aufeinander. Er drehte den Kopf und sah unsicher zu seiner Ex-Freundin. Es war ein merkwürdiges Verhältnis geworden, seit sie sich von Bernd Sitka getrennt hatte, damals, als ihre Schwester eines gewaltsamen Todes gestorben war. Seitdem war sie wieder solo.

„Na, Karlo, willst du auch mal wieder ordentliche Musik hören?“ Jeannette hatte ihren Missmut abgelegt und schickte Kölner einen überaus raffinierten Augenaufschlag. Immer, wenn Karlo in der Nähe war, fühlte sie sich auf eine unbestimmte Weise wohl. Sie konnte sich das selbst nicht erklären. Nur wenn es dann konkreter wurde, wie damals, als sie kurz mit Karlo zusammen war, endete alles im Chaos. Mit ihren fast fünfzig Jahren war sie immer noch auf der Suche. Blieb tief in ihrem Inneren stets wieder bei Karlo hängen. Um das Gefühl dann schnellstens wieder zu verdrängen.

„Viel werd ich nicht mitkriegen, wenn du mich weiterhin so anschaust.“ Karlo brannte lichterloh. „Du solltest diesem schummrigen Lokal viel öfter deinen Sternenglanz verleihen.“ Er schickte sein charmantestes Lächeln auf die Reise.

Mit einem leichten Anflug von Besorgnis lächelte Jeannette zurück. „Dann pass nur auf, dass du auf deiner Reise zu den Sternen nicht in ein schwarzes Loch gerätst und darin verschwindest.“

„Oh, ich liebe schwarze Löcher, vor allem solche mit blonden Haaren“, entgegnete Karlo.

Unwillig schüttelte Jeannette den Kopf. Männer! „Du bist ekelig, Karlo. Und du wirst dich nie ändern!" Sie nahm einen großen Schluck und drehte sich zur Seite.

Ein trauriger Blick Karlos streifte sie kurz. Er versuchte ungeschickt einzulenken: „Na ja, bevor ich in irgendwelchen Löchern verschwinde, empfehle ich erst mal unsere musikalischen Lokalmatadoren heute Abend. Denen gebe ich vorab schon mal drei Sterne, ganz ohne Loch ..."

Die Instrumente samt Schlagzeug und Verstärker standen auf der winzigen Bühne. Die Jungs hatten schon am Abend vorher alles aufgebaut.

In diesem Moment fiel Karlos verblüffter Blick auf das fast leere Glas, das vor Jeannette stand. „Jetzt erzähl mir nicht, es ist das, was ich glaube." Er deutete ungläubig mit dem Daumen auf das Glas.

Sie schaute ihn abweisend an und wollte etwas sagen. „Ist ja schon gut, ich verstehe! Genau das hab ich heute eigentlich auch vor."

Karlo hielt sich kurz die Hände vors Gesicht, schüttelte leicht den Kopf und sah dann Harry Weber an. „Harry, mach doch mal zwei Voodoo ..."

Harry ließ resignierend die Schultern sinken. „Ihr müsst wissen, was ihr tut. Ich wasche meine Hände in der Unschuld meiner kleinen Schwester."

Es vergingen zwei schweigsame Minuten. Dann erst reagierte Karlo. „Du hast doch gar keine Schwester, du Spinner." Er legte den Kopf schräg und beobachtete Harry Weber, wie er mit den Gläsern näher kam.

„Keine Schwester, keine Unschuld. Wohl bekomms." Harry knallte seinen Gästen die Gläser mit dem Brandbeschleuniger vor die Nase.

Eine Stunde später dröhnte es in der Bluesmühle. Der Gastraum war gerammelt voll, die Band hatte gerade eine waghalsige, aber voll echtem Rock'n'Roll steckende Version des Rolling-Stones-Klassikers „Let's spend the night together“ abgeliefert. Harry Weber und seine Bedienung versuchten sich mehr schlecht als recht, mit den Tabletts voller Bier einen Weg durch die schwitzende und mitgrölende Menge zu bahnen.

Drei Stunden später dröhnte auch Karlos Kopf und er wollte nur noch nach Hause. Zumal er mit seinen erneuten – heute allerdings sehr ungelenken – Annäherungsversuchen bei seiner Ex-Freundin Jeannette auf härtesten Granit gebissen hatte. Und mit Harrys Voodoos in Bauch und Kopf wäre mutmaßlich auch nicht mehr viel gelaufen. Also nichts wie raus hier.

Es war kurz nach zwölf, und die Band machte gerade eine kurze Pause. „Harry, ich sollte besser gehen. Mir langts für heute. Hier, leg den Deckel zum Rest. Ich bezahle nächste Woche.“

Harry Weber wischte sich mit dem Handtuch, mit dem er normalerweise die Gläser polierte, den Schweiß von der Stirn und schaute misstrauisch.

„Eh, Karlo, das sind jetzt schon über zweihundert, du solltest jetzt langsam ...“ „Nächste Woche, großes Indianer-Ehrenwort.“ Karlo schnippte den Deckel auf die Ablage hinter der Theke, hob den Zeigefinger zum Abschiedsgruß und schenkte Jeannette noch einen traurigen Blick, bevor er sich wegdrehte und den Versuch unternahm, durch das Gedränge zum Ausgang zu gelangen. Etwas genervt trat er vor die Tür. Die frische Luft traf ihn unvorbereitet. Plötzlich tat Harrys Teufelsgebräu seine Wirkung. Aber er,

Karlo, hatte es ja so gewollt. Er schimpfte insgeheim auf sich selbst.

Nachdem er die kostspielige Diebstahlsicherung aufgesperrt hatte, schob Karlo sein Fahrrad unter dem Verschlag auf der rechten Seite des Hofes hervor, stieg auf und steuerte die Mittelseestraße entlang, bog nach links in die Pfortenstraße und dann rechts in die Fachfeldstraße. Spürte, wie ihm die Bewegung guttat. Er lenkte seinen Drahtesel Richtung Offenbach. Als er die Carl-Ulrich-Brücke hinab rollte, ging es ihm etwas besser. Richtig nüchtern, dachte er, würde er aber wohl erst in zwei Tagen sein. Dieses elende, verdammte Voodoo-Gemisch ...

Er war gerade dabei, sein Fahrrad an der Gerbermühle über die Uferstraße zu schieben, um nach der Bahnunterführung nach links in die Oberräder Gärten einzubiegen, da fiel ihm Reinfelds Lieferwagen wieder ein, der immer noch mit seiner brisanten Ladung oberhalb des Motorradclubgeländes auf der Offenbacher Landstraße parkte.

Er musste dringend Gerri Kuhl erreichen. Wo steckte der Kerl bloß?

Eine seltsame Ahnung beschlich ihn, als er in den Oberräder Fußweg einbog, um zu seiner provisorischen Behausung zu gelangen. War da nicht ein schwacher Lichtschein durch die Büsche zu sehen gewesen? Er hielt an. Lehnte sein Fahrrad an den Zaun des ersten Gartens, der direkt an das Gartengelände des Clubs angrenzte. Dann ging er leise und etwas hinter die Hecken geduckt auf das Eingangstor zu. Das Tor stand einen kleinen Spalt offen! Er hielt einen Moment inne und lauschte atemlos. Ein metallisches Geräusch drang zu ihm herüber. Karlo kam dieses

Geräusch vertraut vor. So ähnlich klang es, wenn man versuchte, ein Türschloss zu manipulieren. Leise näherte er sich dem Spalt und spähte zur Eingangstür der Hütte. Er hielt erneut inne und spitzte die Ohren. Jetzt war wieder alles still. Nichts zu sehen!

Vielleicht hatte er sich ja getäuscht. Aber wer hatte dann das Eingangstor geöffnet?

„Ist da jemand?"

Karlo vergaß seine Vorsicht. Immer noch ziemlich benebelt von Harrys höllischen Drinks ging er nun beherzt auf die Hütte zu. Was war er nur für ein Angsthase. Da war doch niemand! Vielleicht war nur jemand vom Club dagewesen und hatte vergessen abzuschließen. Und was er gehört hatte, konnte durchaus auch Kater Diogenes gewesen sein, der im Garten auf der Jagd war.

Als er auf die Tür zusteuerte, fühlte er sich bestätigt. Diogenes kam ihm entgegen, gerade als er den Schlüssel aus der Tasche zog. Karlo fühlte, wie der schwarze Kater ihm um die Beine strich, als er in der Dunkelheit unbeholfen versuchte, den Schlüssel in das Türschloss einzuführen.

Diese Bemühungen mündeten in einem Geduldsspiel, in dessen Verlauf allerlei Jugendgefährdendes aus Karlos Wortschatz in die Nacht verbreitet wurde. Irgendwann steckte der Schlüssel dann, und Karlo war gerade dabei, ihn das zweite Mal zu drehen, als Diogenes ein scharfes Fauchen ausstieß.

Karlos Nackenhaare sträubten sich. Er schien schlagartig nüchtern zu werden, fuhr herum, riss den linken Arm hoch und blockte den Angriff ab. Er zielte den Bruchteil einer Sekunde auf den hellen Fleck, den er über sich sah und schoss seine rechte Faust ab. Er traf den Fremden mitten ins

Gesicht. Der stolperte fluchend rückwärts auf die Wiese, nun seinerseits überrascht von der plötzlichen Gegenwehr. Karlo setzte nach und versuchte, neben seinen Widersacher zu gelangen, griff nach dessen rechtem Arm, um ihn auszuhebeln. Der versuchte sich mit einer Körperdrehung loszureißen, drehte sich einmal um seine eigene Achse und lief in eine heftige Gerade Karlos.

Treffer!

Karlos Faust hatte den Angreifer seitlich am Kinn erwischt. Im Fallen drehte der sich noch halb um die Körperachse, bevor er mit einem satten Geräusch in der Wiese landete.

Karlo rieb seine Hand und beugte sich über den Mann. Er zog ihn auf den Rücken und schaute in ein unbekanntes Gesicht. Zirka fünfunddreißig Jahre schätzte Karlo, war sich in der Dunkelheit aber nicht ganz sicher. Glatze, rasiert. Am linken Ohrläppchen blinkte eine Art Ohrring. Der Unbekannte steckte in einem dunklen T-Shirt, über das er eine leichte Jeansjacke gezogen hatte. Karlo tastete in die Jacke und schob seine Hand in die einzige Innentasche. Leer. Nein, halt, eine kleine Karte klemmte ganz unten in der Tasche. Er griff das Kärtchen mit Daumen und Zeigefinger, zog es hervor und starrte angestrengt darauf. Nichts war zu erkennen in der Dunkelheit. Er ging leicht aus der Hocke und steckte es in seine Gesäßtasche.

Ein Stöhnen ließ ihn wieder nach unten schauen. Die Gestalt richtete sich vorsichtig auf und stützte sich mit den Ellenbogen in der Wiese ab.

„He, du Mistkerl! Was hast du hier zu suchen, hä?" Karlo versuchte in der Dunkelheit, das Mienenspiel des Eindringlings zu erkennen. Der murmelte irgendetwas

Unverständliches. Karlo stand auf und öffnete gerade den Mund, um etwas zu sagen. Diesen Moment der Unachtsamkeit nutzte der Fremde. Er rollte sich flink auf die Seite und trat dem überraschten Kölner mit Schwung die Beine weg. Der landete unsanft auf seinem Hintern und sah zu, wie sein Gegner aufsprang und in Richtung Hütte stürzte. Karlo quälte sich ebenfalls auf die Beine, seine unteren Lendenwirbel schmerzten von dem Aufprall. Trotzdem versuchte er, den Angreifer aufzuhalten. Er erwischte den Glatzkopf mit der Hand am Kragen und zog ihn unsanft zurück. Ein heftiger Tritt zwischen die Beine lähmte Karlo für ein paar Sekunden, der Fremde warf sich herum und rannte aus dem Garten. Als Karlo auf den asphaltierten Feldweg hastete, sah er noch das Rücklicht seines Fahrrads um die Ecke verschwinden.

Verdammt, auch das noch. Sein schönes Fahrrad! Nein, das würde er keinesfalls aufgeben. Er ignorierte seine Schmerzen und begann zu rennen. Als er die Ecke erreicht hatte, sah er die Heckleuchten eines roten Mercedes. Er begann erneut loszulaufen. Karlo hatte den Wagen beinahe erreicht, als dieser in die Offenbacher Landstraße gesteuert wurde und dann beschleunigte. Zwei Personen saßen auf den Vordersitzen. Das Nummernschild war gut zu erkennen gewesen, und Karlo hatte es sich eingeprägt.

Er blickte neben sich und sah sein Fahrrad am Wegrand liegen. Erleichtert hob er es auf und schob es in den Garten zurück. Dort öffnete er die Tür des Gartenhauses und betrat den vorderen Raum. Er tastete nach dem Lichtschalter und drückte ihn. Die Lampen hinter der Theke und über dem langen Tisch davor flammten auf. Einen Moment noch stand er still und schaute in den Raum, dann ging er zurück vor die Tür und lauschte in die Dunkelheit. Der Koffer hinter dem Bäckereiofen kam ihm wieder in den Sinn. Richtig, der Koffer. Er musste das ganze Zeug erst einmal unter Verschluss halten. Bedrückt ging er nach hinten, zog die Leinentasche hinter dem Ofen hervor und öffnete den Koffer. Erneut beschlich ihn ein mulmiges Gefühl, als er den Inhalt betrachtete. Mit diesen Dingen wollte er eigentlich nichts zu tun haben. Aber was sollte er tun? Mit einem verzweifelten Schnaufen schloss er den Koffer und deponierte das Paket wieder hinter dem Ofen.

Er griff in seine rechte Gesäßtasche und zog das Kärtchen hervor. Nur eine Handynummer. Aufgedruckt. Kein Name, keine Adresse, nichts weiter. Karlo setzte sich an den Tisch, stützte den Kopf auf die Hände und versuchte, einen klaren Kopf zu bekommen.

Aufregende Zeiten, wieder einmal, dachte er. Er studierte nochmals die Telefonnummer auf dem Kärtchen. Eine Mobilfunknummer.

Karlo nahm sein Handy und begann zu wählen.

Samstag, 24. Mai

9

Streifenpolizist Manfred Haffmann hatte einen guten Tag erwischt. Er fühlte sich blendend, war voller Tatendrang. Außerdem konnte er wieder sehen. Nicht dass er die ganze Zeit blind gewesen wäre. Aber seine Eitelkeit ließ es nur in den allerdringendsten Situationen zu, sein, wie er überzeugt war, hübsches Gesicht mit einer Brille zu verunstalten. Und so hatte er in der Vergangenheit schon mal das eine oder andere schlichtweg „übersehen". Privat wie beruflich.

Der Streifenwagen holperte hart über die seit Jahrzehnten nur notdürftig geflickte Dieburger Straße. Die Polizisten hatten die Carl-Ulrich-Brücke hinter sich gelassen und Haffmann bog scharf nach rechts in die Starkenburger Straße ab, die zum Offenbacher Ruderverein führte. Er schaltete in den zweiten Gang. Dann führte er den Zeigefinger seiner rechten Hand an sein linkes Auge. Ein stechendes Jucken quälte ihn. Aber er konnte scharf sehen. Endlich wieder. Denn Haffmann trug heute das erste Mal seine neuen Kontaktlinsen. Deshalb fiel ihm auch sofort der ziemlich ramponierte weiße Peugeot 106 auf, der am Ende der Starkenburger Straße gegenüber dem Offenbacher Ruderverein abgestellt war. Er hatte das verbeulte Heck mit dem eingedrückten Rücklicht registriert und den Streifenwagen sofort daneben angehalten.

„He, Dietmar, was ist los? Träumst du?“ Haffmann rüttelte seinen Kollegen Dietmar Hund an der Schulter. „Los, steig endlich aus, wir gucken uns diese Schrottmühle mal an.“

Haffmann bekam ein unwilliges Grunzen zur Antwort. Immerhin aber löste Hund seinen schlaksigen Körper vom Beifahrersitz, stieg aus und kam ohne großes Interesse zu dem kleinen Wagen geschlurft. Kollege Haffmann guckte angestrengt durch die Scheibe der Fahrertür. Dabei hielt er beide Hände zwischen Kopf und Scheibe, um das reflektierende Licht abzuschirmen.

„Du kannst ruhig richtig reingucken“, hörte er die hämische Stimme des Kollegen. „Ist nämlich offen, die Kiste.“

Hund hatte die Beifahrertür schon aufgezogen und seinen Kopf neugierig in den Innenraum gehalten.

„Der Schlüssel steckt.“

Hund stand wieder neben dem Peugeot. „Ich frag mal in der Vereinskneipe. Vielleicht hat nur jemand vergessen abzuschließen. Schreib du derweil schon mal eine Mängelanzeige ...“ Der lange Polizist steuerte auf die Treppe zur Vereinsgaststätte zu. Haffmann saß indessen auf dem Fahrersitz, beugte sich zum Handschuhfach, zog am Griff und ließ den Deckel nach unten klappen. Er spähte misstrauisch ins Innere der Ablage. Ohne seine neuen Kontaktlinsen hätte er keine Chance gehabt, in der Dunkelheit etwas zu erkennen. So aber sah er auf den ersten Blick, dass das Fach leer war. „Da schau mal einer an. Gutes Sehen ist eben doch was wert“, scherzte er dümmlich mit sich selbst.

„Keiner da“, wurde er in seinen Überlegungen unterbrochen. „Die Kneipe ist noch geschlossen. Hast du die Anzeige schon fertig?“ Hund kam wieder auf den Streifenwagen zugeschlurft. Haffmann schickte ihm einen bösen Blick entgegen.

„Anzeige? Ja, ja, gleich. Ich mach sie noch schnell fertig. Also, was ist denn alles hinüber an dem Ding ..."

Fünf Minuten später verriegelte er den Wagen und nahm den Schlüssel an sich. Kurze Zeit später saßen die Polizisten wieder im Streifenwagen, und Haffmann bog am ORV rechts ab in Richtung des anderen Offenbacher Rudervereins auf der Frankfurter Seite des Mainufers, des Ruderclubs Undine.

„Lass uns noch das Ufer bis zur Undine abfahren. Du kannst ja schon mal den Halter feststellen lassen. Dietmar, hallo, Dietmar ..." Doch Kollege Dietmar Hund döste schon wieder auf dem Beifahrersitz vor sich hin.

Langsam glitt der Wagen die schmale Straße entlang in Richtung Ruderclub Undine. Haffmann schaute aus dem Fenster auf der Fahrerseite. Alter Baumbestand und hochgewachsenes Buschwerk verdeckten die Sicht auf den Fluss. Er wollte seinen Blick gerade wieder auf die Fahrbahn lenken, als sich eine kleine Lücke in den Büschen auftat. Ein schmaler Trampelpfad führte vom Weg aus zum Mainufer hin und ließ dem Vorbeifahrenden an dieser Stelle für einen kurzen Moment die Möglichkeit eines freien Blickes auf das Wasser.

Für Dietmar Hund passierte es urplötzlich. Haffmann trat heftig auf die Bremse. Dietmar Hund wurde aus seinem Sitz geschleudert und prallte mit der Nase aufs Armaturenbrett. Ein grellweißer Blitz leuchtete vor seinen Augen. Dann fiel er zurück in den Sitz.

„Bist du verrückt geworden? Kannst du nicht normal bremsen?" Hund war schlagartig wach geworden. Ein rotes

Rinnsal floss aus seiner Nase, rann über seinen Mund und tropfte vom Kinn auf seine schöne blaue Uniformjacke. Er grub tief in seiner linken Hosentasche, fand aber nur ein benutztes Papiertaschentuch. Er zog es heraus, drückte es sich auf die Nase und stöhnte leise.

„Du könntest dich ja auch mal angurten. Sag ich ja heute nicht zum ersten Mal, oder?" Eine Mischung aus Schadenfreude und leisem Vorwurf hatte sich der Stimme Haffmanns bemächtigt. Er stieß die Fahrertür auf und sprang aus dem Wagen.

„Was ist denn überhaupt los, zum Teufel? Warum machst du so ein Theater?"

Hund hatte die Blutung einigermaßen zum Stillstand gebracht, hielt das Taschentuch aber zur Sicherheit noch an die Nase gepresst. Er war mittlerweile auch aus dem Streifenwagen gestiegen und lief gemächlich hinter seinem Kollegen her, der den kleinen Pfad zum Main hinuntertrabte.

„Was los ist?" Haffmann hatte das Mainufer mittlerweile erreicht und schnaufte schwer. „Was los ist?", wiederholte er, „hier liegt einer im Wasser, verdammter Mist, Dietmar, hier liegt einer! Ich glaube, der ist hinüber. Ruf die Kollegen an. Und auf alle Fälle den Notarzt ... man weiß ja nie!"

–

„Na also, Kollegen, das reißt ja ein in letzter Zeit. Ihr wollt wohl unseren Arbeitsplatz sichern?" Kommissar Reichard lief auf die beiden Streifenpolizisten zu. „Was habt ihr denn dieses Mal für uns?"

„Eine Leiche, ein junger Mann, vielleicht Anfang bis Mitte zwanzig. Ist scheinbar hier angetrieben worden, lag noch halb im Wasser!" Manfred Haffmann kratzte sich ausgiebig an seinem Hintern, dann streckte er Georg Gehring, der neben seinem Kollegen Reichard stand, die Hand hin. Der zog eine Grimasse, übersah den ausgestreckten Arm und ging auf den Leichnam zu. Ein Gerichtsmediziner hatte sich über den Toten gebeugt und untersuchte den leblosen Körper. Der Tote steckte in einer Cargo-Hose. Tarnmuster. Ein labberiges, olivfarbenes T-Shirt hing verdreht um seinen kräftigen Oberkörper.

Der Blick des Hauptkommissars wanderte an das untere Ende des Leichnams. Der junge Mann trug nur einen Schuh.

„Was ist mit dem linken Schuh?"

„Fehlanzeige. Nichts gefunden hier im Umkreis, seltsam, was?" Der Gerichtsmediziner stand auf und sah die Kommissare an.

„Wie es aussieht, hat er ein paar blaue Flecken und Verletzungen im Gesicht. Als hätte er sich geprügelt oder als wäre er geschlagen worden. Tja, und dieses kleine Loch in der Schläfe. Keine Austrittswunde. Also steckt die Kugel noch drin. Vielleicht hilft uns das weiter. Wo es passiert ist, kann ich nicht sagen. Bestimmt aber gibt es Leute, die unseren jungen Freund hier nicht besonders gut leiden konnten. Jedenfalls ist er nicht sanft entschlafen."

„Wisst ihr sonst schon was? Wie lange ist er tot?"

Reichard war neugierig dazugetreten.

„Lange liegt er noch nicht hier. Ich kanns aber noch nicht mit Bestimmtheit sagen. So wie er aussieht, war er jedoch schon tot, als er ins Wasser geworfen wurde. Umgebracht hat ihn offensichtlich der Kopfschuss. Aber was außer dem fehlenden Schuh noch seltsam ist: Er hat absolut nichts dabei, kein Geld, keinen Ausweis, kein Handy.

Allerdings", er deutete zu den Leuten von der Spurensicherung, „haben die da hinten ein blutiges Papiertaschentuch gefunden!"

Streifenpolizist Dietmar Hund stand ein paar Meter entfernt mit dem Rücken zu seinen Zivilkollegen und zuckte zusammen. Vorsichtig drehte er sich um schaute verlegen auf das sichergestellte Objekt.

„Äh, ja, Kollegen, da ist mir wohl was passiert. Ich hatte vorhin einen kleinen Unfall und hab mir die Nase gestoßen und ... na ja, was ich damit sagen will: Das Taschentuch ist von mir, denke ich. Ich hatte starkes Nasenbluten."

Er schaute betreten zu Boden. „Tut mir wirklich leid, ich dachte vorhin doch noch nicht, dass ..."

Kommissar Reichard sog tief und hörbar Luft ein und schaute Hund wütend an. Gehring winkte müde ab.

„Schon gut, vergessen Sie es."

Er drehte sich um, als sich ein zweiter Mann von der Spurensicherung näherte und mit einem durchsichtigen Plastiktütchen wedelte. „Sehen Sie hier, eine Kleinigkeit haben wir doch noch entdeckt. Steckte in seiner Gesäßtasche." Ein Straßenbahnfahrschein mit einer Handynummer auf der Rückseite befand sich in der Tüte. Gehring wiegte seinen Kopf hin und her. „Das ist doch schon mal ein Anfang. Immerhin besser als nichts!"

Hund und Haffmann standen zwischenzeitlich am Streifenwagen und fühlten sich unbehaglich.

„Meinst du, das hat was mit der Sache hier zu tun?" Hund beäugte seinen Kollegen unsicher.

„Was hat mit was zu tun?" Haffmann schaute verständnislos.

„Na dieser vergammelte Peugeot! Das sollten wir dem Hauptkommissar eventuell sagen. Das sind doch nur ein paar hundert Meter zu dem Wagen."

„Jetzt wo du es sagst – na klar!" Anerkennend musterte Haffmann seinen schlaksigen Kollegen und bewegte sich auf Georg Gehring zu.

„Herr Gehring, hallo, Herr Hauptkommissar, wir haben hier noch was. Das dürfte Sie vielleicht noch interessieren!" Hunds kleinwüchsiger Kollege konnte den Triumph in seiner Stimme kaum unterdrücken, als er auf den Kriminalbeamten zulief.

Hauptkommissar Gehring schaute recht überrascht, als ihm Haffmann stolz eröffnete, auch schon den Halter des Fahrzeugs ermittelt zu haben.

„Danke, Kollegen. Wir werden das überprüfen."

–

Wieder zurück im Büro hatten die beiden Kommissare gerade Platz genommen, als ein Mitarbeiter den Raum betrat.

„Hier, Herr Hauptkommissar, im Wagen des Verunglückten aus dem Oberräder Garten lag doch ein Handy. Sie wissen ja, diese Geschichte letzten Donnerstag. Ich habe Ihnen eine Liste mit den Nummern der letzten Anrufe erstellt."

„Ganz prima, vielen Dank. Vielleicht ergibt sich da was. Man kann nie wissen!" Gehring lehnte sich in seinem Sessel zurück und streckte sich ausgiebig.

„Ist noch was?" Hauptkommissar Gehring schaute den Mitarbeiter an, der scheinbar unbedingt noch etwas loswerden wollte.

„Ja, ich habe da noch was. Wir haben den Fahrzeughalter des Motorrads, mit dem der Wagen von der Offenbacher Landstraße gedrängt wurde, ermittelt. Ein gewisser Gerald Kuhl, wohnhaft in Rumpenheim. Die Adresse steht dabei." Er winkte mit einem Blatt und legte es vor Gehring auf den Schreibtisch.

Gehring wirkte offensichtlich erschrocken, als er den Namen hörte. „Ach du lieber Gott", entfuhr es ihm, „ist das ganz sicher?"

„Na klar, warum sollte das nicht sicher sein?"

Der Mitarbeiter musterte Gehring verwundert.

Eine kurze Pause war entstanden. Auch Kommissar Reichard wirkte verblüfft und schaute mit gerunzelter Stirn in die Runde.

„Da ist aber noch was, meine Herren." Fast verlegen trat der Polizist von einem Fuß auf den anderen.

„Ich hab mich zufällig mit einem Kollegen vom Einbruch unterhalten. In meinem Büro. Der hat die Rumpenheimer Adresse hier gesehen, die ich gerade von der Zulassung bekommen hatte. Und die kam ihm so bekannt vor, dass er sofort in seinen Akten nachgeschaut hat."

„Ja und, kommen Sie endlich zur Sache, was war mit der Adresse?" Gehring wirkte nun sehr nervös.

„Ja, das ist eine komische Angelegenheit", kam die Antwort. „Bei dieser Adresse wurde in eine Garage eingebrochen. Dabei sind angeblich ein paar ziemlich teure Motorräder entwendet worden. Echte Oldtimer, angeblich in Top-Zustand. Insgesamt eine hohe fünfstellige Summe wert."

Für einen Moment hielt der Beamte inne. Dann schaute er den Hauptkommissar wieder an. „Was aber so gar nicht dazu passt, ist, dass sich unter den gestohlenen Fahrzeugen auch das Zweirad befindet, das in den Unfall an der Offenbacher Landstraße verwickelt war. Und das auf diesen ...", er zögerte, nahm sich kurz den Zettel von Gehrings Schreibtisch und warf einen kurzen Blick drauf, „... Gerald Kuhl zugelassen ist!"

Gehring schaute grimmig vor sich auf den Schreibtisch. Eine böse Vorahnung keimte in ihm auf. Er hatte dieses seltsame Gefühl schon gehabt, als er Donnerstagnacht im Garten von Kuhls Motorradclub stand.

Er überlegte. Karlo Kölner kam ihm in den Sinn. Der Mann mit dem besonderen Talent, immer wieder in zweifelhafte Situationen zu geraten. Und Wolfhard Kuhl, der durchaus sympathische Kaffeegenießer, der Karlo nicht zum ersten Mal zu decken schien. Und nun auch noch Kuhls Sohn Gerald. Der offensichtlich einen schweren Unfall verursacht hatte.

Georg Gehring atmete tief durch. Dann sprach er den unschlüssig wartenden Mitarbeiter an.

„Bitte lassen Sie mir die Akte von diesem Einbruch so schnell wie möglich zukommen." Er schaute den Beamten an. „Am besten gleich!", ergänzte er eine Spur zu heftig für den Geschmack des Kollegen.

„Und Sie, Reichard, schauen sich bitte die Liste mit den Namen der letzten Anrufe an, die auf dem Mobiltelefon des Verunglückten waren, dieses ..." Gehring kam kurz ins Stocken, „van Soundso ... wie hieß der noch mal?"

„Der Sportwagenfahrer aus dem Garten? Van Claassen, Chef, Holger van Claassen", erwiderte Reichard schnell.

Dann griff Gehring zum Telefon und wählte. Es klingelte fünfmal, dann wurde abgenommen.

„Hallo, wer ... Frau Kuhl? Ja, ja, hier spricht Hauptkommissar Gehring. Ist Ihr Mann denn zu sprechen? Und ist Ihr Sohn Gerald auch zuhause?"

Kommissar Reichard hatte sich neugierig genähert und hielt nun die Liste in der Hand. Er hatte sie einen Augenblick studiert und wollte sie eben wieder gelangweilt auf den Tisch legen, da kam ihm etwas bekannt vor. Die letzte Nummer auf der Liste war es, die ihn aufmerksam werden ließ. Ein Anruf spät in der Nacht oder ganz früh am Samstagmorgen, ganz wie man wollte, und zwar in der Liste der unbeantworteten Anrufe.

Reichard griff nach dem Telefon und wählte die Nummer. Erwartungsvoll lauschte er dem Freizeichen. Es ertönte viermal, dann wurde abgehoben.

„Kölner, hallo?"

Der Kommissar riss die Augen auf. „Wer ist denn da?", tönte es ungeduldig in die Ohren des Kommissars. „Hallo?" Eine kurze Pause entstand. Sprachlos stand der Kommissar da, hielt den Mund geöffnet und schaute Georg Gehring an.

„Arschloch, blödes!" tönte es Reichard noch ins Ohr, dann wurde aufgelegt.

„Was ist los, Reichard? Sie gucken ja wie eine Nonne nach einem obszönen Anruf ..."

„Chef, das glauben Sie jetzt nicht. Nein, das glauben Sie nicht!" Reichard bohrte mit seinem Zeigefinger auf der letzten Nummer der Liste herum und grinste den Hauptkommissar breit an. „Wissen Sie, wem diese Nummer gehört?"

Samstag, 24. Mai, abends

10

Wolfhard Kuhl war an die Tanksäule herangefahren, hatte den Tankrucksack abgeschnallt und ihn auf die Sitzbank gelegt. Er hielt die Zapfpistole in der Hand und ließ das Benzin vorsichtig in den Treibstoffbehälter seiner BMW laufen. Gerri war schon fertig mit dem Tanken und hatte seine Maschine an die Seite geschoben. Er lehnte an der Mauer neben dem Eingang zum Kassen- und Verkaufsraum der Autobahnraststätte und war gerade im Begriff, sein Handy einzuschalten, um zu sehen, ob jemand eine Nachricht hinterlassen hatte. Keine Nachricht, keine SMS. Auch gut. Schlechte Nachrichten gab es im Moment sowieso genug. Gerri schaute auf und sah seinen Vater den Verkaufsraum betreten. Dabei grub Wolfhard Kuhl angestrengt im Inneren seiner Motorradjacke, um an seinen Geldbeutel zu gelangen. Er überlegte kurz. In zirka einer Stunde wären sie zuhause. Dann würde man sehen, was da wirklich passiert war.

Kuhls Sohn hatte gerade den Kopf gedreht und wollte sein Handy wieder ausschalten, da tönte ihm die Melodie des Eintracht-Liedes aus dem winzigen Lautsprecher entgegen: „... den Adler auf der Brust ... nie mehr zweite Liga ..." Na ja. Wäre vielleicht mal wieder ein anderer Klingelton fällig, dachte er sich. Er drückte die Taste mit dem grünen Hörersymbol. „Ja, Kuhl?" Er verzog das Gesicht, als er Karlo Kölners aufgeregte Stimme hörte.

„Mensch, Gerri, endlich erwische ich dich! Was machst du bloß für einen Mist ... na ja, du brauchst dir keine Gedanken zu machen, ich hab das schon für dich geregelt. Sag mal, wo steckst du eigentlich? Ich muss dringend mit dir reden und wir sollten ... was? Bitte, was sagst du da?"

–

Karlo stand neben Reinfelds Lieferwagen und lauschte Gerri Kuhls Worten. Er war bleich geworden.

„In den Vogesen? Ich dachte ... du warst die ganze Zeit nicht hier? Aber wer ist dann mit deinem alten Motorrad ... was? Nein, vergiss es einfach. Ich melde mich wieder bei dir. Lass gut sein, schon gut, hat sich erst einmal erledigt!"

Er wusste nicht mehr, was er denken sollte, unterbrach das Gespräch und biss sich verzweifelt auf die Lippen. Seine rechte Hand hatte sich zur Faust geballt und er schlug sich damit an die Stirn. So ein verdammter Mist. Wie kam er hier nur wieder raus? Was hatte er bloß angerichtet! Und wer war bloß mit Gerris Motorrad gefahren? Dann riss er sich zusammen. Zweifellos würde er eine Lösung finden. Dann würde alles gut werden. So wie immer.

Denn Karlo hatte wieder eine seiner Ideen. Eine jener Ideen, die ihm, verhängnisvollerweise, niemals auszugehen schienen.

–

Eine gute Stunde später kamen Wolfhard und Gerri Kuhl vor ihrem Haus in Rumpenheim zum Stehen. Wolfhard stellte sein Motorrad ab, ging auf das graue Flügeltor der

Hofeinfahrt zu und nahm als Erstes das Schloss des Tores in Augenschein. Es war offensichtlich aufgebrochen!

„Jetzt lass uns doch erst mal heimkommen. Ich schwitze wie ein Schweinebraten ... ich muss erst mal aus diesen Klamotten raus!"

Kuhl hörte seinen Sohn nur mit halbem Ohr. Er gab dem rechten Flügel des Tores einen kleinen Schubser und es schwang auf.

„Ist ja schon gut."

Er bockte sein Motorrad vom Ständer, startete die Maschine wieder und fuhr sie vor die Garage, ohne die Füße dabei auf die Rasten zu stellen. Dort kickte er den Seitenständer raus und ließ die BMW vorsichtig darauf sinken. Schnell stieg er ab. Gerri stand schon hinter ihm und war dabei, sich die Jacke vom Leib zu zerren. Gedämpft hörte er die Stimme seines Vaters durch das geöffnete Visier. Kuhl hatte den Helm noch immer auf dem Kopf und schnappte nach Luft.

„Aufgebohrt. Das schöne Schloss! Da hat einer genau gewusst, was er tut. Und was ihn in der Garage erwartet."

Wolfhard Kuhl zog die Tür auf und betrat den großen Raum. Mit zusammengekniffenen Augen inspizierte er die Lage. In den Regalen an den Wänden schienen die diversen Ersatzteile noch so zu liegen, wie es ihm in Erinnerung war. Der Rest der Garage allerdings erschien Kuhl auf eine gespenstische Weise groß und verdammt leer.

Die schönen Maschinen waren weg! Und mit ihnen die jahrelange Arbeit, die er investiert hatte. Ganz abgesehen von den finanziellen Aufwendungen.

Nur ein paar Ölflecken erinnerten noch an seine zweirädrigen Lieblinge, die vor kurzem noch sein ganzer Stolz gewesen waren. Er schaute traurig auf den betonierten Untergrund der Garage. Eigentlich wollte er den Boden schon lange gefliest haben. Die Paletten mit den Fliesen standen bereits seit einiger Zeit neben der Garage.

„Irgendwie kommt man zu gar nichts mehr“, dachte er resigniert. Doch das war jetzt sowieso zweitrangig. Er schwor sich in diesem Moment, herauszubekommen, wer ihm das angetan hatte. Und dieser Jemand würde nichts zu lachen haben, wenn er ihn in den Fingern hätte ...

Hilflos vor Wut riss er sich mit einer ungelenken Bewegung seinen Kopfschutz vom Schädel. Mit dem Riegel des Helmschlosses blieb er dabei an seinem linken Ohr hängen und verzog schmerzerfüllt das Gesicht. Er hielt den Helm drohend über dem Kopf. Einen Augenblick befürchtete Gerri, sein Vater wollte den Helm in seinem Zorn gegen die Garagenwand schleudern.

Zum Glück hörte Kuhl das Schlagen einer Tür.

„Bin ich froh, dass ihr da seid!“

Kristin Kuhl war aus der Haustür getreten und gerade dabei, den Hof zu überqueren. Wolfhard senkte den Arm, legte den Helm auf der Sitzbank ab und lief seiner Frau entgegen. Kurz nahm er sie in den Arm und drückte ihr einen flüchtigen Kuss auf die Wange. Ihr enttäuschtes Gesicht ignorierte er.

„Wann ist das denn passiert?“, fiel er mit der Tür ins Haus. Kristin schaute ihn empört an.

„Woher soll ich das denn wissen? *Ich* geh doch nie in die Garage. Ich hab nur irgendwann am Flügeltor an der Straße gemerkt, dass was nicht in Ordnung ist. Und dann hab ich eben mal näher nachgeschaut. Die Hoftür war wieder zugedrückt, man hat fast nichts gesehen von dem Einbruch. Die

Polizei war hier und hat sich alles angeschaut, ein paar Fotos gemacht und gesagt, sie würden sich melden, wenn sie was rausgefunden haben."

Wolfhard Kuhl ließ es sich nicht ausreden, noch an diesem Abend auf dem Polizeirevier vorbeizuschauen. Die Beamten bekundeten ihm zwar, wie leid es ihnen täte, was da vorgefallen sei, aber nein, man habe noch keinen Erfolg bei der Suche nach den Oldtimern gehabt. Man bat Kuhl noch, eine genaue Liste der vermissten Fahrzeuge und gegebenenfalls auch der verschwundenen sonstigen Gegenstände zu erstellen, und sich zu melden, wenn ihm noch etwas Besonderes einfiele. Als Kuhl sich nach dem Gespräch verabschiedet hatte und zur Tür ging, rief ihm einer der Beamten nach: „Ach so, Herr Kuhl, von dem Autounfall in Ihrem Garten in Oberrad wissen Sie ja schon?"

Kuhl wirbelte herum.

„Wie bitte, Autounfall? Was für ein Autounfall? Was ist das jetzt wieder für eine Geschichte?"

Kuhls Gesicht hatte eine bedenklich dunkelrote Farbe angenommen. Der Beamte schaute erschrocken über den Tresen, vor dem Kuhl derart aufgewühlt stand, und erzählte hastig von dem Sportwagen, der im Garten des Motorradclubs gelandet war. Jetzt verstand Kuhl überhaupt nichts mehr.

Als er kurze Zeit darauf aufgebracht das Revier verließ, versprach er sich selbst, heute Abend seit langem mal wieder Schnaps zu trinken.

Viel Schnaps!

Sonntag, 25. Mai

11

Eigentlich war es ideales Motorradwetter, eine Art vorgezogener Sommer. Es war ziemlich warm für diese Jahreszeit, ein leichter Wind sorgte jedoch für einen angenehmen Ausgleich. Zuweilen spendete auch eines der kleinen weißen Wölkchen wohltuend kühlen Schatten.

Doch Wolfhard Kuhl schwitzte.

Er saß vor der Hütte in einem gepolsterten Gartenstuhl und rieb sich die pochenden Schläfen. Neben ihm auf dem Boden stand eine halbvolle Flasche mit Selterswasser.

Dieser verdammte Schnaps gestern Abend. Na ja, und das Bier. Der Wein zum Essen zählte ja nicht. Essen? Hatte er überhaupt etwas gegessen? Ach, egal.

Kristin Kuhl stand vor ihm und schaute halb vorwurfsvoll, halb spöttisch. Eben so, wie Frauen ihre Männer immer angucken, wenn diese zu viel getrunken haben. Und sie dabei voller Hoffnung vermuten, dass der Mann vielleicht nicht mehr so genau wisse, was am Abend so alles geschehen sei.

Gerri war mit seinem Auto vor dem Garten zu stehen gekommen. Er stieg aus, ging um den Wagen herum und öffnete den Kofferraum. Als er durchs Gartentor trat, trug er eine große Schachtel aus Styropor unter dem Arm. Die Stimme seiner Mutter schallte ihm entgegen: „Gerri, weißt du eigentlich, woran ein Mann morgens merkt, dass er am Abend vorher schwer betrunken war?“

Gerri schaute kurz auf. „Keine Ahnung“, gab er knapp zurück. „Woran denn?“

Kristin Kuhl blinzelte spöttisch zu ihrem Mann hinüber. Der warf ihr einen sehr bösen Blick zu. Dann wandte sie sich schnell wieder an ihren Sohn: „Na, wenn er morgens früh erst unter der Dusche merkt, dass er noch seine Socken anhat ...“

Gerri prustete los und ließ beinahe vor Lachen die Styroporkiste fallen.

Als er sich wieder gefasst hatte, deutete er auf die Kiste, die mittlerweile neben der Eingangstür stand.

„Die Pizza ist noch nicht gebacken. Ich habe mir gedacht, bis ich mit der hier bin, ist die total durchgeweicht. Und wir haben den schönen Bäckereiofen hier. Da könnten wir doch ...“ „Ihr immer mit eurer komischen Pizza. Wenn ich das Zeug schon rieche, mit dem ganzen Käse da drauf, pfui Teufel!“ Kuhl schnaufte heftig und wirkte ziemlich angeschlagen.

Er war heute nicht zuletzt in den Garten gekommen, um den Schaden zu begutachten, der durch den Unfall entstanden war. Die breite Schneise, die der Sportwagen in den Garten gefräst hatte, quer duch die Brombeerhecke und einige Beete, trug ebenfalls nicht zu seiner Erheiterung bei. Ganz zu schweigen von dem demolierten Zaun.

„Aber macht doch, was ihr wollt“, nörgelte er, „ich grille mir später ein schönes Steak!“

„Was denn, gehts unserem empfindlichen Magen schon wieder besser?“ Kristin Kuhl gab sich übertrieben mitfühlend. Kuhl winkte ab. „Ach, lass mir doch meine Ruhe!“

Und nahm einen kräftigen Schluck aus der Seltersflasche.

Gerri hatte mittlerweile den großen Backofen eingeschaltet und die frisch belegten Pizzas bereitgestellt. Nach einer Weile trat er an den Ofen, um die Temperatur zu überprüfen. Irgendetwas stimmte nicht. Es war nun eine Viertelstunde vergangen, seitdem er das Gerät eingeschaltet hatte, und der Ofen war immer noch kalt.

„Ich sags doch. Was müsst ihr auch immer diese blöde Pizza essen!“ Kuhls schlechte Laune hielt an. Er hatte die Hütte betreten und stand nun mit angewidertem Gesicht neben seinem Sohn.

Gerri runzelte die Stirn. „Der Ofen wäre auch kalt, wenn ich eine Ente braten wollte. Aber die wäre dir ja heute zu fett, meinst du nicht?“

„Vielleicht ist was mit dem Anschluss nicht in Ordnung.“

Kuhl hatte sich mit der rechten Körperhälfte gegen die Hüttenwand gedrückt und versuchte mit beiden Armen, den Ofen ein wenig nach vorne, in Richtung der Raummitte, zu drücken. Als der Ofen ein paar Zentimeter nach vorne rutschte, hörte Kuhl einen dumpfen Aufprall. Was war denn das? Da hatte doch etwas hinter dem Ofen geklemmt. Kuhl griff in den Spalt und zog einen Stoffbeutel, in dem ein rotbrauner Koffer steckte, hervor und stellte ihn neben sich.

„Da, siehst du?“ Er schaute zu Gerri. „Da hat einer was dahinter geklemmt und dabei den Anschluss aus der Wand gedrückt. Na, das war sowieso ein einziger Murks, wie das gemacht war. Aber jetzt können wirs ja gleich richtig anschließen, da sollten wir aber vorher ...“ Kuhl stockte kurz und sah neben sich auf den Boden.

Er nahm den Koffer aus dem Beutel. Welcher Blödmann kommt auf die Idee, einen Koffer hinter dem Ofen zu verstecken? Obwohl, überlegte Kuhl, einen gäbe es in der Tat, dem er so was zutrauen würde, aber der war gerade nicht hier. Den konnte er nicht fragen.

„Wo Karlo wohl ist?", dachte er laut und schaute fragend zu seinem Sohn.

Gerri hatte mittlerweile den Koffer auf den runden Tisch gelegt, der im mittleren Zimmer der Hütte stand. Erwartungsvoll hob er den Deckel an. Sein Vater blickte ihm neugierig über die Schulter.

Als Gerri erschrocken einen Schritt zurücktrat, stieß er seinen Vater fast um. Der stolperte rückwärts, fing sich aber sofort und stand eine Sekunde später schon wieder vor dem geöffneten Koffer.

Er schaute ungläubig auf den Inhalt.

„Was um Himmels Willen treibt dieses Arschloch hier hinter unserem Rücken? Ich fasse es nicht! Der hat sie doch nicht alle. Der bringt uns noch alle in den Knast!"

Mit einem Mal wurde er leise und fixierte seinen Sohn. „Kein Wort zu deiner Mutter. Sonst können wir uns was anhören. Ich muss das erst mal verdauen. Und vor allem mit unserem lieben Untermieter reden. Wo dieser Katastrophentyp bloß steckt?"

Wolfhard Kuhl schloss den Koffer mit einer schnellen Bewegung und stopfte ihn wieder in den Stoffbeutel.

–

Zur gleichen Zeit rollte Reinfelds weißer Lieferwagen auf der A66 in Richtung Fulda. Hinter dem Steuer saß

Karlo Kölner. Er sprach beschwörend in sein Mobiltelefon.

„Paul, du musst mir helfen. Ich erklär dir alles später. Du hast doch dieses alte Wochenendhaus mit dem Schuppen. Da hinter der Milseburg – wie heißt der Ort noch ... wie? Ja, genau Steinbach. Bist du noch zuhause die nächste Stunde? Ja? Okay, dann bis gleich."

Paul Perlig wohnte in Hofbieber in der Rhön. Er war von einer seltsam mageren Statur, trotz seiner großen Leidenschaft: Paul war ein exzellenter Koch und obwohl er allein in dem großen Haus wohnte, war er ständig am Werkeln in seiner fast perfekt eingerichteten Küche. Auch sein Vorrat an ausgesuchten Weine war überaus beachtenswert. Ab und zu bekochte er seine Nachbarin, Sina Mehler, die ebenfalls allein in ihrem Haus wohnte, seitdem ihr Freund sie verlassen hatte. Sie hatte vor einiger Zeit der Großstadt den Rücken gekehrt, Frankfurt verlassen und sich in der schönen Rhön ein neues Umfeld geschaffen. Paul bekochte seine Nachbarin mit all der Liebe, die er für sie empfand. Sina allerdings war bislang nicht im Entferntesten auf den Gedanken gekommen, dass Paul in sie verliebt sein könnte. Er war ebenso schüchtern wie unattraktiv. Man könnte sagen, er war eher ein Mensch der inneren Schönheit, die viele seiner äußerlichen Mängel wieder wettmachte. Wenn er Dinge tat, die ihm oder anderen Freude bereiteten, schien er von innen zu leuchten. In diesen Momenten übersah man die unansehnliche Hülle Pauls. Das hatte auch Sina erkannt. Aber mehr war bei ihr noch nicht angekommen, zumal sie auch noch einige Wunden aus ihrer letzten Beziehung hatte, die noch nicht ganz verheilt waren.

Nach Karlos Anruf dachte Paul aber an ganz andere Sachen. Karlo. Immer, wenn er ins Spiel kam, war irgendeine ganz dicke Suppe am Kochen, überlegte Paul. Und wenn Karlo jetzt Hilfe brauchte, hatte er sicher wieder was angestellt. Meistens tat er das ja in allerbester Absicht. Wie auch im letzten Jahr, als Karlo praktisch auf der Flucht vor der Polizei war und Paul ihm Asyl in seiner kleinen Einliegerwohnung gewährt hatte. Als Paul dann eines Abends von der Arbeit kam, war Karlo verschwunden. Dafür fand Paul einen gefesselten Kriminalkommissar in seiner Wohnung, dem überdies das Dienstfahrzeug von Karlo entwendet worden war.

Paul wollte wirklich nicht wissen, was hier schon wieder im Gange war. Aber man konnte diesem Kerl einfach nichts abschlagen. Er trat an das Fenster neben der Eingangstür, schaute auf die Straße und seufzte.

Beunruhigt ging er zu dem kleinen Weinregal in der Küche und zog eine Flasche Rotwein heraus. Ein neuer Wein, Jahrgang 2008. Paul mochte eigentlich keine solch jungen Rotweine und verachtete insbesondere den Primeur, weil er der Überzeugung war, dass die meisten dieser Weine eine anständige Zeit zum Reifen verdient hätten. Hier lag der Fall aber etwas anders. Paul hatte in der von ihm favorisierten Weinhandlung in der Fuldaer Königstraße etwas vergleichsweise Seltenes aufgetan. Ein Wein mit der abenteuerlichen Bezeichnung „Wildmuskat“ war ihm dort aufgefallen. Er stammte vom Neckar, aus der Nähe von Heilbronn, und schon alleine deshalb war er etwas Besonderes. Paul hatte ihn gleich probiert und war diesem Tropfen dabei hoffnungslos verfallen: Anklänge an verschiedene Arten von roten Beeren, eine Ahnung von Pfirsich, sehr sauber und rein und zugegebenermaßen durchaus auch mit der traubensaftähnlichen Anmutung der jungen Rotweine. Aber eben ohne die kreidige Unfertigkeit der meisten Primeurs, ohne diese gewisse Traurigkeit im Geschmack, nicht beweisen zu dürfen, was noch in ihm steckt. Doch dann kam erst die Hauptsache: eine gewaltige Duftwelle von frisch gefallenem, feuchtem Herbstlaub – kurz von der Mittagssonne beschienen – besetzte überfallartig, aber auch aufs Angenehmste Pauls Geschmacksknospen.

Paul war etwas betrübt, als er sah, dass dem Weinhändler nur eine kleine Menge dieses umwerfenden Geschmacksereignisses zur Verfügung stand, hatte dann aber umgehend reagiert und fast den gesamten Vorrat gekauft.

Jetzt, glaubte er, war der Zeitpunkt gekommen, sich eine solche Leckerei zu gönnen. Zum Beispiel, um sich gegen das drohende Ungemach zu wappnen, das allem Anschein nach von Frankfurt in Form seines Freundes Karlo zu ihm herüberzog.

Er setzte sein geliebtes Lagouiole-Kellnerbesteck mit dem polierten Ebenholzgriff an und hebelte den Korken behutsam aus dem Flaschenhals. Vorsichtig schenkte er sich einen Fingerbreit in ein Probierglas und ließ die dunkelrote Flüssigkeit einen kurzen Moment im Glas kreisen.

Gerade als er das Glas erwartungsvoll an die Lippen setzen wollte, war ein raues Motorengeräusch vor der Tür zu vernehmen. Er schüttelte unwillig den Kopf und stellte das Glas vor sich auf den runden Küchentisch mit der dicken Platte aus Kirschholz. Der Motor schien sich noch einmal kurz zu schütteln, dann stellte er seine Tätigkeit ein. Paul hörte, wie die Fahrertür mit einem metallischen „Klonk“

ins Schloss fiel, dann stand er schon an der Eingangstür und sah mit gemischten Gefühlen zu, wie Karlo Kölner die Einfahrt hochgelaufen kam.

„Ich weiß nicht, was mich davon abhält zu sagen, dass es schön ist, dich zu sehen, Karlo. Du hast sicherlich wieder irgendeinen Mist am Laufen. Was ist es denn diesmal? Na, komm erst mal rein."

Karlo guckte betreten unter sich. „Hallo Paul …", brachte er hervor, er wirkte verlegen, vielleicht auch ein wenig schuldbewusst, und er verstummte.

Paul schloss die Tür, packte Karlo am Arm und schob ihn in die Küche.

„Setz dich. Ich hab mir gerade eine Flasche Wein aufgemacht."

Er ging an seinen Gläserschrank und entnahm ihm ein zweites Glas, das er Karlo vor die Nase setzte und schenkte es zu einem Drittel voll.

„Du bist doch kein Antialkoholiker geworden, Karlo, oder?" Paul schaute dem Freund prüfend in die Augen. „So, und jetzt erzähl mal."

–

„Du weißt schon, dass man auch nachdenken kann, bevor man irgendetwas tut?"

Paul musterte den betreten wirkenden Karlo kopfschüttelnd. Er hatte erzählt, wie er geglaubt hatte, dass Gerri diesen Unfall mit seinem alten Motorrad verursacht habe. Wie er auf die Idee kam, die Oldtimer samt Gerris Motorrad zu entführen, um von Gerri als Fahrer abzulenken. Er hatte es doch nur gut gemeint. Karlo drückte sich mit den Handballen die Schläfen und starrte mit leerem Blick vor sich hin. Im Moment kam ihm leider keine seiner genialen Ideen.

Obwohl er sich das Gehirn zermarterte.

„Die Frage ist, *wer* hat Gerris Motorrad gefahren, wenn nicht er selbst!"

Pauls Frage riss Karlo jäh aus seinen Überlegungen.

„Vielleicht sollte man Gerri einfach mal fragen", führte Paul seine Gedanken weiter. Er griff sich sein Glas, nahm ein Schlückchen und schaute Karlo an.

„Was also hast du dir gedacht? Was willst du jetzt tun, und vor allem, welche Rolle hast du mir dabei zugedacht?"

„Na ja, Paul, im Grunde musst du gar nichts tun. Du sollst eigentlich nur mal kurz wegsehen. Und zwar in dem Moment, in dem ich an dein Schlüsselbrett gehe und mir den Schlüssel von deinem Schuppen in Steinbach wegnehme."

Karlo hatte seine ihm eigene Fröhlichkeit, seinen speziellen Verdrängungshumor, wie es manche sarkastisch nannten, wiedererlangt. „Und natürlich noch mal, wenn ich ihn wieder hinhänge", setzte er mit spitzbübischem Grinsen hinzu.

Paul stellte sein leeres Glas auf den Tisch.

„Du willst dein Diebesgut also bei mir verstecken? Das du überdies noch einem guten Freund geklaut hat? Bist du noch ganz richtig im Kopf?"

„Das ist doch kein Diebesgut, Paul!" Karlos Stimme klang beschwörend. „Kuhl kriegt die Dinger doch zurück. Ich kann nur jetzt nicht so einfach zu ihm hingehen und ihm alles erzählen. Da muss ich mir erst was überlegen. Mir irgendwas Gutes einfallen lassen."

Kölner hatte mittlerweile seinen Hundeblick aufgesetzt.

„Ich wollte doch nur dem Gerri helfen, Paul. Es war saublöd von mir, das weiß ich ja. Aber Paul, lass mich jetzt nicht hängen. Ich bringe alles in Ordnung. Das verspreche ich dir. Und ich lass ja den Schlüssel bei dir. Da bist du sicher, dass ich nicht an die Motorräder drankomme, ohne dich vorher zu fragen."

„Als ob dich schon mal ein Schloss aufgehalten hätte, Karlo. Mein Schuppen ist nicht Fort Knox!"

Paul konnte immer noch nicht fassen, wo er da gerade wieder reingeriet. Die letzte Geschichte mit Karlo hatte ihm schon gereicht.

„Also gut, Karlo. Ich weiß nicht, warum ich dir nichts abschlagen kann. Stell das Zeug eben in die Garage. Wenn du glaubst, du hast eine Lösung, rede aber bitte mit mir." Der letzte Satz klang sehr eindringlich.

Karlo stand am Schlüsselbrett im Flur. Paul war ihm gefolgt und griff sich den Schlüsselbund für die kleine Liegenschaft in Steinbach. Als Karlo danach fassen wollte, zog Paul die Schlüssel mit einer schnellen Bewegung zurück.

„Du bringst das bitte wieder in Ordnung, Karlo. Und bau keinen weiteren Mist. Und noch mal: Rede mit mir, bevor du wieder irgendwo reintrittst. Ganz abgesehen davon, dass ich keine Lust habe, als Hehler verhaftet zu werden."

In diesem Moment klingelte es an der Tür. Karlo hatte sich wieder in die Küche verzogen. Paul öffnete die Tür, und sein Herz tat einen Sprung. Wie immer, wenn Sina bei ihm vor der Tür stand.

„Hallo Paul, wie gehts dir? Gut, ja? Wie schön! Du, mal was ganz anderes", wechselte sie flugs das Thema, „hast du vielleicht einen Becher Sahne zu viel im Kühlschrank? Ich habe vergessen welche einzukaufen, und ich wollte heute noch ..."

„Jetzt komm doch erst mal rein!“ Paul hatte die Tür weit geöffnet und machte eine elegant gemeinte Bewegung mit der linken Hand. „Ich habe allerdings gerade Besuch.“ Paul zuckte entschuldigend mit den Schultern.

„Na, ich will nicht stören“, entgegnete Sina, „ich nehm einfach die Sahne und bin schon wieder weg.“

„Nein, nein, du störst nicht.“ Paul schaute Sina an und lächelte. „Ganz im Gegenteil, du wirst schon sehen. Komm.“ Er hatte vorsichtig die Hand auf den Rücken von Sina gelegt und schob sie über die Schwelle der Küchentür.

Karlo stand genussvoll kauend in der Küche und hielt ein halbes Schinken-Käse-Hörnchen in der Hand. Ganz frisch, selbstgebacken von Paul. Er hatte es unter anderen Gebäckstücken auf dem Küchentisch entdeckt und nicht widerstehen können. Er kannte die Küchenfertigkeiten des Rhöner Freundes sehr gut und hatte auch mit diesem Gebäckstück eine gute Wahl getroffen.

„He Karlo, was treibt dich denn hierher?“ Der neckische Blick, den Sina Karlo schickte, verursachte einen feinen Stich in Pauls Seele. Karlo kaute schweigend und musterte Sina von oben bis unten.

„Hallo Sina, gehts dir gut?“

„Stimmt irgendwas nicht, oder warum bist du hier?“ Sina hielt den Kopf schräg und hatte die Stirn in Falten gelegt. Das gefiel Paul schon wesentlich besser.

„Bist du mit dem Transporter da draußen hier? Bringst wohl neue Hehlerware für die Rhön, oder ist das dein neues Wohnmobil?“ Sina hatte getroffen.

Das erste Mal seit zwanzig Jahren schoss Karlo die Röte ins Gesicht.

„So ein Quatsch, nein. Ich wollte einfach mal nach Paul sehen. Und seiner bekannt guten Küche. Man darf doch wohl einfach mal vorbeikommen, ohne gleich in Verdacht zu geraten."

Sina lachte fröhlich. „Ach Karlo, wir kennen dich halt zu lange und zu gut, so ist das eben."

Schnell hatte sich Karlo wieder gefangen. „Na denn, wie auch immer. Ich muss jetzt los. Später melde ich mich wieder bei dir, Paul."

Im Gehen setzte er zum Gegenschlag an. „Ich lasse euch zwei Turteltäubchen dann mal alleine."

Jetzt war es Paul, dem die Röte mit Macht ins Gesicht stieg.

–

Karlo war grinsend zu Reinfelds Lieferwagen gelaufen. Er spürte ganz genau, was mit Paul los war. Allein, auf welche Weise er Sina ansah, ach was, mit den Augen verschlang. Allerdings immer noch zu unauffällig für Sina. Sie schien die Einzige zu sein, die nichts merkte. Vielleicht auch nichts merken wollte. Und Paul war viel zu schüchtern. Vielleicht war es auch das.

Paul tat Karlo leid. Wenn es um Sina ging, litt Paul eindeutig am „Hausmeistersyndrom". Das hieß, er erledigte für Sina alle anfallenden Arbeiten, wie zum Beispiel Glühbirnen wechseln, Lampen aufhängen, die Autobatterie aufladen, Schränke auf- und abbauen, tapezieren, renovieren und so weiter, immer in der Hoffnung, irgendwann werde daraus schon mehr. Nicht besonders sexy, aber nützlich, dachte Karlo. Sina musste damit aufhören, Paul auf diese Weise „aufzubrauchen". Sie musste ihm dringend etwas zurückgeben. Oder ihm doch wenigstens ehrlich sagen, dass sie einfach nicht in der Lage war, sich in ihn zu verlieben. Wenn es denn so war. Aber wer kannte schon die Frauen.

Karlo fuhr die rechtwinklige Kurve an Langenbieber vorbei in Richtung Milseburg, als sein Handy klingelte. Er schaute in den Rückspiegel. Keine Polizei. Er nahm das Telefon in die Hand und drückte die Taste mit dem grünen Hörer.

„Karlo Kölner, hallo?"

Am anderen Ende der Verbindung presste Kuhl den Hörer ans Ohr und suchte vorsichtig nach den richtigen Worten.

„Hier ist Wolfhard. Hallo Karlo. Hör mal, ich müsste mal kurz mit dir reden. Unter vier Augen. Am besten gleich morgen Abend. Ist das möglich? Wo steckst du denn?"

„Ich? Ja ich, äh ... ja, morgen Abend? Ja, das würde gehen. Ist irgend etwas Besonderes?" Karlo war unsicher. Ahnte Kuhl etwas von den entführten Motorrädern? Aber nein, wie denn. Wie sollte er denn auf diese Idee kommen?

„Besonderes? Na ja, wie mans nimmt. Sagen wir einfach, ich brauch mal deine Hilfe, um etwas zu klären, was ich nicht ganz verstehe."

„Wann und wo treffen wir uns?" Karlo gab sich kooperativ.

„Gegen siebzehn Uhr im Garten! Ich komm einfach vorbei", ließ Kuhl vernehmen. „Aber dass du dann auch da bist!"

„Hör mal, Kuhl, war ich schon einmal unzuverlässig?"

„Darauf willst du doch hoffentlich keine Antwort, Karlo. Also bis morgen."

„Bis morgen, Kuhl, bis morgen." Karlo legte auf.

Als er den Abzweig zur Milseburg passiert hatte, konnte Karlo, wie immer wenn er an dieser Stelle den höchsten Punkt der Straße überquerte, das überwältigende Panorama bestaunen. Gänzlich unerwartet bot sich hinter einer Kurve ein phantastischer Ausblick. Die Sonne verbreitete mittlerweile ein wunderbar weiches Licht, und Karlo hatte das märchenhafte Gefühl, geradewegs in ein grandioses Gemälde hineinzufahren. Er musste an die alte Sage denken, über die Paul vor einiger Zeit berichtet hatte. Hinter dem seltsamen Namen verbarg sich nämlich keineswegs eine Burg, wie man hätte glauben können, sondern eine der bekanntesten Erhebungen der Rhön, die sich an der höchsten Stelle immerhin 835 Meter zum Himmel streckte.

Karlo und Jeannette waren damals frisch verliebt für ein Wochenende in die Rhön gefahren. Sie waren bei Sina zu Besuch gewesen, und Paul hatte einmal mehr seine Kochkünste unter Beweis gestellt. Nach dem Essen saß man noch eine Weile zusammen, trank Wein und redete. Jeannette hatte im Verlauf des Gesprächs wissen wollen, wie der Berg denn zu seinem ungewöhnlichen Namen gekommen sei.

Paul hatte weit ausgeholt und erzählt, der Berg verdanke seinen Namen dem „Riesen Mils", der vor langer Zeit in der Gegend zusammen mit dem Teufel sein Unwesen getrieben habe. Paul erklärte, dass gemunkelt wurde, der Heilige Gangolf habe den Riesen schließlich bezwungen, worauf der Koloss vor der Schmach in den Freitod floh. Der Teufel bedeckte den riesigen Leichnam danach mit Steinen. So war der Sage nach die heutige Milseburg entstanden.

Karlo wäre gerne einmal wieder auf den Gipfel gestiegen, um die tolle Aussicht zu genießen. Er dachte an das Wochenende, das er gemeinsam mit Jeannette in der Rhön verbracht hatte. Wie sie zusammen auf den Gipfel geklettert waren ... Er schüttelte sich, als wolle er eine Last abwerfen.

„Ach was, Riese Mils“, stieß er ärgerlich hervor, „ein „Riesen-Pils wäre mir jetzt lieber ...“

Er drückte den Fuß kräftig aufs Gaspedal und lenkte Reinfelds Transporter Richtung Steinbach. Es wurde Zeit, die „heiße“ Ware loszuwerden.

Was Karlo nach dem Abladen noch bewog, das Topcase von Gerris Maschine aufzuklappen, konnte er selbst nicht sagen. Als er hineinsah, blieb ihm die Spucke weg. Nicht zum ersten Mal in diesen Tagen blickte er entsetzt auf eine Menge kleiner Päckchen mit einem weißen Pulver als Inhalt.

Er klappte den Deckel der Transportkiste wieder zu und atmete tief durch. In was für eine Geschichte war Gerri denn da verwickelt?

Das musste er jetzt erst einmal verdauen!

Montag, 26. Mai, gegen siebzehn Uhr

12

Karlo hörte das Auto auf dem Feldweg vor der Hütte. Er registrierte, wie der Motor erstarb und ging zur Tür. Als er die kleine Stufe hinabgegangen und in den Garten getreten war, sah er Kuhl, wie er aus dem Auto stieg. Kuhl ging ans Heck des Wagens. Er entnahm dem Kofferraum eine große Sporttasche, warf den Deckel wieder zu, hängte sich die Tasche über die rechte Schulter und ging zum Gartentor.

„Hallo Kuhl, alles klar?"

„Mal sehen. Komm, wir gehen kurz rein." Kuhl ging an Karlo vorbei und betrat die Hütte. Er stellte die Tasche neben sich auf den Fußboden, nachdem er sich auf die Eckbank hinter dem langen Tisch gesetzt hatte. Karlo war mittlerweile hinter die Theke getreten und schaute Kuhl unsicher an.

„Was ist denn jetzt? Du schaust, als wäre etwas nicht in Ordnung."

„Zuerst wollte ich dich fragen, ob du nicht mal nach dem großen Backofen schauen kannst. Wir wollten gestern Pizza backen und er ging nicht an."

Karlo fühlte sich unbehaglich.

„Logo, Kuhl, na klar, das geht in Ordnung. Ich schau später mal nach. Das krieg ich schon hin."

Kuhl guckte so harmlos aus der Wäsche, wie es ihm nur möglich war und wandte sich erneut an Karlo Kölner.

„Soll ich dir schnell helfen, das Ding von der Wand wegzurücken? Vielleicht ist nur was mit dem Anschluss nicht in Ordnung. Das Teil ist ziemlich schwer, und bevor du dir den Rücken verdirbst ..."

Jetzt schaute Kuhl den Freund hinter der Theke lauernd an. Der versuchte auszuweichen.

„Ach, lass gut sein, Kuhl, das ist kein Problem, ich mach das schon." Und zum zweiten Mal innerhalb kürzester Zeit schoss Karlo das Blut vor Schreck in die Wangen.

Karlo spürte das deutlich und drehte sich schnell weg. Er wandte sich dem großen Kühlschrank zu, um sich ein Bier zu nehmen. Mehr aus Verlegenheit als aus Lust auf den Gerstensaft. Aber Kuhl hatte den Schreck registriert. Ebenso die plötzliche Verlegenheit Karlos, und er beschloss, die Karten auf den Tisch zu legen. Er griff also neben sich und hob die Sporttasche auf den Tisch.

„Gut, Karlo. Lassen wir die Spielchen. Ich habe den Ofen schon selbst wieder richtig angeschlossen. Was ich von dir will, ist ein lückenloser Bericht über Herkunft und Zweck dieses Koffers hier." Er hatte die Tasche geöffnet und deutete mit stochernden Bewegungen hinein. „Und insbesondere seines Inhalts. Und überleg es dir sehr gut, bevor du jetzt vorhast mich anzulügen."

Hunderttausend Höllenhunde! Da war es raus. Lief denn wirklich alles schief? Karlo rieb mit beiden Händen sein Gesicht.

„Mensch Kuhl", begann er mit rauer Stimme, „mit dem Koffer hab ich eigentlich gar nichts zu tun. Das war der totale Zufall. Ich weiß, ich hätte das Ding nicht nehmen sollen. Aber der Koffer war abgeschlossen. Und ich war völlig ahnungslos, was da drin ist. Ehrlich! Ich habe selbst einen Schock gekriegt, als ich das Zeug gesehen habe."

Kölner sah Kuhl beschwörend an. Der hatte die Stirn in Falten gelegt und blickte zweifelnd zurück.

„Und wenn ich dir das jetzt glauben sollte, ich sage: *sollte*, weiß ich immer noch nicht, wie du in den Besitz von dem Zeug kommst. Du kannst dir gut vorstellen, dass ich mit Dealern nichts zu tun haben will, vor allem nicht, wenn sie unseren Garten als Umschlagplatz oder als Bunker benutzen. Also?“ Das klang sehr schroff, dachte Karlo. Er überlegte noch einen Moment, dann begann er zu reden wie ein Wasserfall.

„Also, dieser Sportwagen, der hier in den Garten gebrettert ist, du weißt schon ...“

–

Als Karlo mit seinem Bericht geendet hatte, war Kuhls Gesicht weiß wie eine Kalkwand. Karlo hatte nichts ausgelassen, allerdings nur, was die Geschehnisse im Garten betraf. Er berichtete überdies von seinem nächtlichen Besucher und wie dieser nach der Rangelei auch noch kurzzeitig sein schönes Fahrrad entführt hatte.

Kuhl atmete tief durch und blies die Wangen auf, was ihm das Aussehen eines pausbäckigen Weihnachtsengels verlieh. Eines etwas älteren, übergewichtigen Weihnachtsengels. Aber immerhin.

„Karlo, du ...“

„Einen Moment, Kuhl.“ Karlo, der alte Straßenkater, schoss geschmeidig hinter der Theke hervor. Seine sensible Antenne für Gefahr hatte sich gemeldet. Er näherte sich vorsichtig dem Fenster, das den Blick zum Feldweg freigab, und lugte hinaus.

„Scheiße, Kuhl, die Bullen!“

Der Weihnachtsengel sah nun aus wie ein beim Abschreiben ertappter Schüler. Kuhl zog den Reißverschluss der Sporttasche zu, stand auf und walzte in die Küche. Er riss die Tür zum Getränkelager auf. Hinter einem Stapel Bierkisten fand er einen geeigneten Platz. Er ließ die Tasche hinter die Kisten rutschen.

Als Kuhl wieder in den vorderen Raum zurückkam, sah er in die Augen von Hauptkommissar Gehring. Kuhl hatte kaum angefangen zu reden, da betrat auch Kommissar Reichard die Hütte.

„Herr Hauptkommissar, Herr Kommissar, welch angenehme Überraschung. Gerade wollte ich mir einen Kaffee machen. Darf ich Sie zu einer Tasse einladen?“ Kuhls verlegen-schuldbewusster Gesichtsausdruck strafte seine schwungvoll vorgetragene Einladung Lügen.

„Hallo Herr Kuhl.“ Gehring konnte sich keinen Reim auf Kuhls offensichtliche Verlegenheit machen. Er beschloss aber, irgendwann nachzuhaken, wenn sich eine gute Gelegenheit ergäbe. Für den Moment ließ er es aber gut sein.

„Sie kennen mich doch. Sie bevorzugen noch immer den guten Wacker-Kaffee? Ja? Dann sehr gerne!“

Er schaute erwartungsvoll und setzte hinzu: „Eigentlich wollten wir ja nur kurz mit dem Herrn Kölner sprechen.“

Kuhl atmete durch, ging erleichtert in die Küche und begann, die aromatischen Bohnen in seine Handkaffee-mühle zu füllen. Die Tür zum vorderen Raum hatte er einen Spalt offen gelassen. Er wartete noch mit dem geräuschvollen Vorgang des Mahlens, um besser mitzubekommen, was die Beamten von Karlo wollten.

„Ja, Herr Kölner“, begann Kommissar Reichard. „Wir

sind hier im Besitz eines Handys. Eines Handys von einem Herrn, von dem wir gerne wüssten, mit wem er in Verbindung steht, und vor allem, warum."

Karlo wusste noch nicht, auf was der Polizist hinauswollte.

„Und was hat das mit mir zu tun? Ich meine, warum erzählen Sie das ausgerechnet mir?"

Reichard beantwortete die Frage nicht und ließ einige Sekunden verstreichen.

Kommissar Gehring zog einen der Stühle am Tisch vor der Theke zu sich und setzte sich. Als er Platz genommen hatte, schlug er die Beine übereinander und schaute Karlo Kölner eine Weile prüfend an.

„Sagt Ihnen der Name van Claassen etwas? Holger van Claassen?", sagte er dann schnell.

Karlo schien ernsthaft ahnungslos zu sein, dachte Gehring, als eine sichtbare Reaktion Karlos ausblieb.

„Nein, den Typen kenne ich nicht, wer soll das sein?"

„Sie kennen den Herrn wirklich nicht?" Kommissar Reichard hatte sich wieder eingeschaltet, war bis auf eine Armlänge an Karlo herangetreten und blickte ihm aufmerksam ins Gesicht.

„Nein, wirklich! Den Namen habe ich noch nie gehört!"

Karlo war immer noch verwundert. Reichard grinste ihn breit an.

„Und warum steht Ihre Handynummer dann in seiner Anruferliste?"

Kölner schüttelte verständnislos den Kopf.

„Das kann ich mir nicht erklären, keine Ahnung, vielleicht habe ich mich mal verwählt, aber da kann ich mich auch nicht erinnern. Ich habe ..." Er brach ab. Und zum dritten Mal in zwei Tagen bekam er einen Kopf wie eine überreife Tomate.

Das Kärtchen mit der Telefonnummer!

Karlo erinnerte sich an das Kärtchen, das er dem nächtlichen Angreifer in der Nacht von Freitag auf Samstag abgenommen hatte. Und er hatte die Nummer gewählt, um rauszukriegen, wer sich dahinter verbarg. Es war jedoch niemand drangegangen. Jetzt ergab auch der Anruf von gestern einen Sinn, bei dem sich niemand gemeldet hatte. Bestimmt war das einer der Kriminalbeamten gewesen.

Als er sich daran erinnerte, dass er einen der Beamten vor dem Auflegen ein blödes Arschloch geschimpft hatte, wurde er zum vierten Mal in zwei Tagen rot. Er bemerkte das mit einigem Unwillen. Was, verdammt, war nur los mit ihm? Er musste sich endlich wieder in den Griff bekommen.

„Einen Moment, die Herren Kriminalräte", gab er sich eine Spur zu locker für die Situation. „Ich habe da vielleicht etwas für Sie."

Karlo umrundete die Theke, beugte sich dahinter und begann, umständlich in einem Stapel mit Papieren zu wühlen.

„Verflucht noch mal, ich hatte doch ... ah ja, hier. Da haben wir es doch."

Als er wieder hinter der Theke hervorkam, schwenkte er das Kärtchen hin und her.

„Schauen Sie nur, das habe ich am Morgen nach dem Unfall hier im Garten gefunden. Es lag ganz in der Nähe des Kirschbaums da draußen, wo auch der Jaguar zum Stehen gekommen war, nachdem er in den Garten geflogen kam. Auf jeden Fall war ich neugierig geworden und habe diese Nummer dann angerufen. Es hat sich aber niemand gemeldet, und da wollte ich es später noch mal probieren. Hatte es aber dann ganz vergessen. Ist ja auch egal", log Karlo Kölner.

Dieses Mal, ohne rot zu werden.

Ob Hauptkommisar Georg Gehring seinen Erklärungen glaubte oder nicht, konnte Karlo nicht ausmachen. Wie er den Polizisten kannte, war der eher skeptisch. Aber er konnte dem Beamten doch nicht von dem Koffer erzählen, vor allem nicht jetzt, wo auch Kuhl irgendwie mit in der Sache drin steckte.

„Jetzt soll ich mich wohl zu Ihrer Verfügung halten, Herr Gehring, so wie Sie mich ansehen?"

„Schön, wenn alle Mitspieler die Regeln kennen. Noch schöner wäre es, wenn alle diese Regeln dann auch einhielten", erwiderte der Hauptkommissar und stand auf. Als er plötzlich das knirschende Geräusch der kleinen Handkaffeemühle Kuhls hörte, musste er grinsen. Kuhl war wohl auch ein wenig neugierig gewesen. Na ja, sollte er doch. Auch Reichard war mittlerweile aufgestanden. Aber Georg Gehring setzte sich wieder.

„Einen Moment noch, Reichard", beschied er seinem Kollegen, „den Kaffee möchte ich mir nicht entgehen lassen! Außerdem bin ich noch nicht fertig. Mir ist gerade etwas eingefallen ..."

Gehring hatte genussvoll an dem heißen Gebräu genippt und die Tasse wieder vor sich auf den Tisch gestellt. Er musterte Kuhl, der nervös mit einem Löffelchen in seinem Kaffee rührte.

„Herr Kuhl, wo steckt Ihr Sohn Gerald denn eigentlich? Ich hätte auch an ihn einige Fragen." Gehring hatte die Tasse mittlerweile wieder in der Hand und bewegte sie andächtig auf seine Lippen zu.

„Was wollen Sie denn von Gerri? Was hat der mit dem Unfall zu tun?" Kuhl dachte aber keineswegs nur an den Unfall. Er dachte eher an den Koffer mit dem weißen Pulver. Fing Gerri etwa an, krumme Geschäfte zu machen? Hatte ihn Karlo da in etwas hineingezogen? Er konnte sich noch keinen rechten Reim auf die ganzen Geschehnisse machen.

„Es tut mir leid, Herr Kuhl, Ihr Sohn steht unter dem Verdacht, diesen Unfall verursacht zu haben. Wir haben eine Zeugin, die ausgesagt hat, dass ein Motorrad, das auf Ihren Sohn zugelassen ist, diesen Jaguar von der Straße abgedrängt hat."

„Was soll das denn? Das kann nicht sein. Wir waren doch gar nicht hier. Wir sind mit ein paar Clubmitgliedern nach Frankreich in die Vogesen gefahren. Zu einem verlängerten Wochenende", sprudelte Kuhl hervor, „das können Ihnen etliche Leute vom Club auch bestätigen! Und mein Sohn ist mit seinem Motorrad dabeigewesen, wie kann da ..." Kuhl brach ab. Ihm war plötzlich die kleine Kawa in den Sinn gekommen. Hatte Gerri die immer noch nicht abgemeldet?

„Moment! Das kann nur die kleine Kawasaki gewesen sein. Die war doch auch unter den gestohlenen Fahrzeugen."

Kuhl schaute Gehring beschwörend an.

„Wissen Sie überhaupt, dass bei uns eingebrochen wurde? Meine schönen Oldtimer sind weg. Deshalb sind wir auch früher als unsere Freunde aus den Vogesen zurückgekommen!"

„Natürlich haben wir davon gehört", gab Gehring zurück, „und uns auch unsere Gedanken gemacht." Bevor er weiterreden konnte, hakte sein Kollege Reichard nach.

„Ist es nicht merkwürdig, dass jetzt ausgerechnet auch noch dieses Fahrzeug verschwunden ist?", fragte er argwöhnisch.

Und Karlo, der stumm dabeisaß, wurde zum fünften Mal knallrot.

Bevor die Polizisten die Hütte verließen, zog Hauptkommissar Gehring Karlo Kölner zur Seite. „Haben Sie eine Erklärung dafür, dass wir die Nummer von Herrn van Claassen auch bei einem toten jungen Mann gefunden haben? Der ermordet am Mainufer aufgefunden wurde?"

Ein toter junger Mann? Ermordet? Dieses Mal wurde Karlo blass. Leichenblass.

Ein stummer und erschrockener Karlo Kölner saß am Tisch, als die Kommissare sich verabschiedet hatten. Die Tür des Gartenhäuschens hatte sich wieder geschlossen und die Kommissare waren gerade im Begriff, den Garten zu verlassen, da sprang Karlo Kölner auf. Er stürzte zur Tür, riss sie auf und lief den Polizisten hinterher.

„Herr Gehring, einen Moment bitte", stieß er atemlos aus, „was für ein toter junger Mann?"

„Wie bitte?", fragte der Hauptkommissar zurück.

„Na, der tote junge Mann, den Sie eben erwähnten – wissen Sie, wer das war? Wie der heißt, äh, ich meine, hieß?"

Kommissar Reichard schaute seinen Chef fragend an. Der nickte dem Kollegen kurz zu und zog dann das Gartentor auf.

„Krause hieß der junge Mann, Tom Krause“, antwortete Reichard für den Hauptkommissar. „Kennen Sie den etwa?“, ergänzte er dann misstrauisch fragend.

„Nein, nein, nie gehört“, kam Karlos Antwort eine Spur zu schnell für den Geschmack des Kommissars. „Aber ich kann ja mal die Ohren offen halten.“

Der Hauptkommissar hatte mittlerweile den Motor des Dienstwagens gestartet und winkte ungeduldig nach seinem Kollegen.

–

Wolfhard Kuhl lehnte an der Theke im Inneren der Hütte und dachte nach. Er hatte Gehring versprochen, dass sein Sohn sich umgehend im Präsidium melden würde. Aber erst, dachte Kuhl, würde er ein eindringliches Gespräch mit Gerri haben. Andererseits – warum sollte Gerri etwas damit zu tun haben? Er war ja auch dabeigewesen, als sie diesen Koffer gefunden hatten. Und war genauso überrascht wie Kuhl selbst. Und sie waren beide nicht vor Ort gewesen, während das alles passiert war. Fragen über Fragen. Kuhl massierte sich mit Nachdruck die Nasenwurzel.

Die Kommissare hatten zwei gleichermaßen ratlose wie auch ziemlich nervöse Männer in der Gartenhütte zurückgelassen. Nur dass jeder der beiden Freunde so seine eigenen Rätsel zu knacken hatte. Und aus jeweils anderen Gründen nervös war.

„Ich nehme an, du hast das meiste mitgekriegt, Kuhl. Was denkst du denn, wie das alles zusammenhängt? Ich meine – ich hab dir wirklich alles erzählt. Das ist doch eine vertrackte Sache! Was machen wir jetzt mit dem verdammten Koffer?“ Er hielt kurz inne und lauschte nach draußen.

„Da kommt ein Motorrad. He, ich glaube wir kriegen noch mal Besuch."

Der Antrieb des Motorrades verstummte. Kuhl ging zur Tür und sah, wie sein Sohn das Tor öffnete, in den Garten eintrat und auf das Gartenhäuschen zukam. Währenddessen zog er seinen Helm vom Kopf.

„Was ist denn da für ein Mist am Laufen?", rief er seinem Vater zu. „Ich habe hier einen Anhörungsbogen von der Polizei zu einem Verkehrsunfall. Was soll denn das? Wir waren doch gar nicht hier an diesem Tag!"

Kuhl hatte seinem Sohn einen Kaffee eingeschenkt und schaute aufmerksam auf das Papier, das dieser ihm vorgelegt hatte. Kuhl war durch den Besuch der Kommissare schon vorbereitet, deshalb erkannte er gleich das Kennzeichen der alten Kawasaki.

„Das geht hier nicht um dein neues Motorrad. Hier geht es um deine alte Kawa. Die auch bei dem Einbruch weggekommen ist. Da bist du jetzt erst mal aus dem Schneider. Du sollst dich aber trotzdem bei der Polizei melden, sagt Herr Gehring."

Gerri fasste sich ein Herz. „So einfach, wie du dir das vorstellst, ist das nicht, Vatter. Die Kawasaki kann gar nicht bei den gestohlenen Sachen dabeigewesen sein, weißt du."

Kuhl schaute seinen Sohn konsterniert an. „Was sagst du da? Wieso das denn nicht, zum Teufel? Was geht hier eigentlich vor?"

„Weil ich das Ding verliehen hatte, bevor wir weggefahren sind." Gerri schaute schuldbewusst.

Jetzt war es an Kuhl, einen roten Kopf zu bekommen. Allerdings nicht aus Verlegenheit. Wäre Kuhl ein Vulkan gewesen, hätte er kurz vor einem gewaltigen Ausbruch gestanden. Gerris innerer Seismograph erkannte dies rechtzeitig. Er stand auf und wollte bereits fluchtartig das gefährdete Terrain verlassen. Da schien der vulkanische Druck etwas nachzulassen.

„Wer war das denn? Wem hast du die Maschine denn gegeben?"

„Dem Tom, du weißt doch, der Kleine, der ab und zu auch schon mal hier war. Tom Krause."

Karlo wirkte heftig erschrocken. Kuhl schaute ihn argwöhnisch an. Die Situation überforderte Karlo nun aufs Äußerste. Fieberhaft versuchte er, die neuen Informationen zu verarbeiten. Gerri hatte die Maschine also verliehen. Und ausgerechnet ...

Kuhl unterbrach Karlos Gedankengänge.

„Ach, Karlo, was wolltest du denn eigentlich noch von den Kommissaren? Als du ihnen eben nachgelaufen bist?"

Karlo schüttelte unwillig den Kopf und sah hilflos zu Kuhls Sohn. Na, egal! Es kam ja doch irgendwann ans Licht.

„Ich habe ihn nach dem Namen der Leiche gefragt, die sie am Mainufer gefunden haben", kam die etwas unsichere Antwort.

„Und?" Kuhl wirkte gespannt.

„Tom Krause", stieß Karlo gepresst aus.

Kuhl war geschockt.

„Ach du Scheiße ..."

–

„Hast du eine Ahnung, was das für ein Zeug ist?" Kuhl guckte Karlo gespannt zu, wie dieser ein winziges Loch in eines der Päckchen bohrte. Auch Gerri konnte eine gewisse Spannung nicht verleugnen.

„Dann lasst mich mal schauen. Ich habe nie wirklich was mit Rauschgift zu tun gehabt, bitte, das müsst ihr mir glauben!“

Karlo hatte ein wenig von dem weißen Pulver mit dem feuchten Zeigefinger aufgenommen und berührte damit vorsichtig seine Zungenspitze. Es bildete sich eine steile Falte auf seiner Stirn, dann schaute er in die kleine Runde.

„Das ist Kokain. Ziemlich reine Ware, soweit ich das beurteilen kann. Und verdammt viel Kohle wert.“

Er schaute unglücklich in die Runde.

„Kohle hin, Kohle her. Was machen wir jetzt mit dem Koffer? Wollen wir das Ding nicht einfach entsorgen? Ich will mit dem Dreck nichts zu tun haben“, ließ Karlo leichtherzig vernehmen.

Kuhl hatte sich unterdessen entschieden, reinen Tisch zu machen.

„Nein, ich denke, wir lassen das Zeug hier dem Hauptkommissar zukommen. Und wir sollten ihm auch erzählen, was passiert ist, Karlo. Da steckt todsicher mehr dahinter. Auch wenn das für dich nicht besonders angenehm ist, aber wir kriegen das irgendwie hin. Die reißen dir den Kopf schon nicht ab.“

Karlo schaute seinen Freund zweifelnd an.

Kuhl blickte auf die Uhr. Halb acht.

„Bei den Bullen ist jetzt bestimmt keiner mehr im Büro. Ich versuche, Gehring auf dem Handy zu erreichen und für morgen Nachmittag einen Termin zu machen. Dann fahren wir zusammen hin und erklären ihm alles. Und ich hol dich hier ab. Bist du gegen sechzehn Uhr wieder von der Arbeit zurück?“

„Klar, kann ich einrichten. Vermutlich hast du recht. Ich

habe auch keine Lust, noch tiefer in die Geschichte reinzurutschen." Karlo brach unvermittelt ab, als sein Handy klingelte.

„Ja?", schnauzte er knapp in das Gerät. „Ah, du bists." Sein Gesicht hellte sich auf. „Das ist ja nett. Was ... einen Moment mal."

Karlo stand auf. „Ist privat", ließ er vernehmen und verließ die Hütte. Vor der Tür hob er das Handy wieder ans Ohr.

„So, da bin ich wieder. Wie? Bei Toni? Du, im Moment ist es nicht so günstig, weil ... was meinst du? Du hast *jetzt* Hunger? Und du willst mich einladen? Na gut. Dann eben bis gleich."

Kuhl zwinkerte indes seinem Sohn verschwörerisch zu. „Hat er wieder mal was Neues laufen? Oder klappt es wieder besser mit Jeannette?"

Gerri war nicht nach Witzchen zumute. Er zuckte interessenlos mit den Schultern.

„Keine Ahnung, was geht mich das an?"

Nach einer Minute hatte Karlo die Hütte wieder betreten.

„So Leute, und jetzt geh ich noch ein kleines Bierchen trinken." Karlo verschwand flink im Getränkelager. Nach zwei Minuten kam er zurück und hatte seine Lederjacke über die Schultern geworfen. Er ging zur Tür, öffnete sie und drehte sich noch einmal kurz um. Kuhl wollte ihm eigentlich noch einen zweideutigen Kommentar hinterherrufen, überlegte es sich aber anders.

„Bis morgen", rief er in den Raum zurück, während er eilig in den Garten hinaustrat.

Das ging irgendwie zu glatt, dachte Kuhl. Aber Karlo

war schon auf sein Fahrrad gestiegen. Damit war er jetzt aus dem Garten gerollt und verschwand langsam in der Dämmerung.

Kuhl trat vor die Tür und hörte, wie das rhythmische Schaben der Kette am verbogenen Kettenschutz leiser wurde. Er holte tief Luft. Dann drehte er sich um, betrat die Hütte wieder und kramte sein Mobiltelefon hervor.

Gerri hatte sich den Helm über den Kopf gestülpt und war ebenfalls im Begriff, den Garten zu verlassen. Kuhl schaute beleidigt.

„Ich fahr heim. Hab ein bisschen was am Computer zu tun. Wenn was ist, weißt du ja, wo du mich findest!"

Als das Motorgeräusch von Gerris Maschine nicht mehr zu hören war, ging Kuhl zum Kühlschrank und griff sich ein Bier. Er setzte sich an den langen Tisch, starrte in den Koffer, der mit geöffnetem Deckel vor ihm stand, und versuchte, einen klaren Kopf zu bekommen.

–

Eine halbe Stunde später betrat Karlo leicht außer Puste Tonis kleines Restaurant. An dem runden Tisch direkt vor der Theke saß Jeannette und studierte die Speisekarte.

Erfreut trat Karlo an den Tisch. Er deutete eine leichte Verbeugung an. „Ist hier noch frei, junge Frau?"

Er wartete die Antwort nicht ab, zog einen Stuhl zu sich heran und setzte sich.

„Hallo Karlo. Gehts dir gut?"

„Wenn ich dich sehe immer, das weißt du doch. Hast du schon was gefunden?"

„Eigentlich wollte ich mal wieder eine Pizza essen." Sie hob den Kopf und deutete auf die Tafel mit den Tagesangeboten neben der Tür. „Aber auf der Tageskarte steht was von gegrilltem Lachs auf glaciertem Gemüse. Ich glaube, ich probiere das mal. Und du? Das Übliche?"

Karlo grinste. Er liebte diese Pizza mit der scharfen Peperoniwurst eben. Und wenn er schon mal da war ...

Nach dem Essen kam Toni an den Tisch.

„Na, ihr beiden, alles in Ordnung bei euch?"

Karlo wollte etwas entgegnen, aber Toni wartete die Antwort nicht ab.

„Letzte Woche waren die jungen Leute von eurem Club mal wieder da", verkündete er.

„Welche jungen Leute?" Karlo schaute interessiert.

„Na, einmal der Sohn von dem BMW-Fahrer, du weißt schon, die gelb-schwarze Maschine, die aussieht wie die Biene Maja, hehehe", er kicherte kurz über seinen Witz, „und der kleine mit den dunklen Haaren, mir fällt der Name nicht ein ..."

Karlo zuckte zusammen.

„Meinst du Tom?"

„Ja, so heißt er, glaube ich. Der hatte an dem Tag sein Geld vergessen, und sein Freund hat für ihn mitbezahlt. Aber am nächsten Tag war er wieder da. Mit einem anderen jungen Mann, so einem kräftigen blonden. Ein bisschen älter, glaube ich. Wenn der herkommt, hat er normalerweise ein Mädel dabei." Toni grinste schelmisch. „Und immer ein anderes ..."

Karlo war hellwach geworden.

„Und wer war das? Ich meine, wie hieß der Blonde? Und

hast du mitgekriegt, über was die gesprochen haben?“, sprudelte Karlo heraus.

„Langsam, Karlo, lass mich nachdenken. Ich glaube, der Blonde wollte ein Motorrad von dem Kleinen haben. Und der war irgendwie ganz – wie sagt ihr – verlegen, und wusste nicht so recht, was er tun sollte.“

Karlo hakte nach. „Und wer war der Blonde? Hast du einen Namen gehört?“

„Du glaubst doch nicht, ich belausche meine Gäste, Karlo, ich meine ...“

„Toni, es ist wichtig, sehr wichtig. Bitte versuche dich zu erinnern!“ Karlo schaute den Italiener ernst an.

„Ja, also, *Kevin* hat er ihn genannt, wenn ich richtig gehört habe.“

Kevin also. Karlo wusste mit dem Namen nicht viel anzufangen. Gerri würde ihm bestimmt helfen können.

„Was ist denn da so wichtig?“ Jeannette wirkte ebenso neugierig wie auch genervt.

Karlo wollte gerade etwas entgegnen, da meldete sich sein Handy. Ein strafender Blick Jeannettes traf ihn.

„Was ist denn heute nur los?“ Er schaute Jeannette Entschuldigung heischend an.

„Du hast ja recht“, versuchte er dann abzuwiegeln, „ich hätte das Ding ausschalten sollen.“ Dennoch hob er ab.

„Paul! Das ist ja eine Überraschung. Was gibts? Ich bin hier gerade in einer wichtigen Besprechung und ...“

„Was sind denn das für seltsame Besprechungen, bei denen italienische Musik im Hintergrund läuft? Na, egal, hör mit bitte trotzdem zu. Es ist wichtig. Karlo, ich weiß jetzt, wie wirs machen. Wir schlagen zwei Fliegen mit einer Klappe. Wir kriegen die Maschinen wieder los und die Kuhls können ihren vermiesten Kurzurlaub nachholen. Und wenn ich richtig vermute, wird dir danach keiner mehr richtig böse sein können. Mit Gerri habe ich schon gesprochen, der weiß Bescheid. Erst war er ja richtig sauer, aber dann hat er kapiert, dass du ihm nur helfen wolltest. Ich organisiere alles, du musst nur rechtzeitig die Maschinen hier abholen. Ich bin in dieser Woche zwar tagsüber nicht da, weil ich arbeiten muss, aber ich lasse den Schlüssel für das Ferienhaus bei Sina. Da kann Kuhl ihn dann abholen und nach Steinbach rüberfahren. Die Motorräder müssen nur rechtzeitig weg sein, sonst fliegt alles auf. So, und jetzt pass auf, wir machen es so ...“

Als Paul fertig war, staunte Karlo. Diese Idee hätte glatt von ihm selbst sein können. Gewagt, aber es könnte hinhauen. Jetzt hing alles von Kuhls Bereitschaft ab, am Ende der Woche einen Kurzurlaub in der Rhön zu machen. Mit der ganzen Familie. Karlos Stimmung stieg sichtlich. Paul wollte sich um alles kümmern und auch Kuhl anrufen und ihn für die Aktion mit seiner Familie für das kommende Wochenende von zuhause weglotsen.

„Entschuldigung, Jeannie. Das war wirklich wichtig. Ein Glück, dass ich nicht ausgeschaltet hatte.“

Jeannette schaute argwöhnisch. Da war bestimmt wieder was Schräges am Laufen. Das spürte sie doch. Wenn Karlo schon so fragte. Was gingen ihn diese jungen Leute überhaupt an? Ärger stieg in ihr auf. Es war immer das Gleiche mit Karlo. Eigentlich hatte sie vorgehabt, heute nicht alleine nach Hause zu gehen. Doch ihre gute Stimmung hatte sich verflüchtigt. Jeannette starrte Karlo aufgebracht ins Gesicht.

„Heute scheint wieder mal alles wichtig zu sein, nur ich nicht“, warf sie Karlo anklagend an den Kopf, während sie aufstand.

„Jeannie, das hat doch jetzt gar nichts mit uns hier zu tun, das ...“

„Eben. Dann lass mich auch in Ruhe damit. Du hast mal wieder alles verdorben.“ Sie griff sich ihre Handtasche und verließ den Gastraum. Ohne zu bezahlen.

„Was hab ich denn jetzt Schlimmes gemacht?“ Karlo schüttelte verständnislos den Kopf. Toni legte eine Hand auf seine Schulter.

„Ach, Karlo. Mach dir nichts draus. Du weißt ja, wie die Frauen sind!

„Nein, weiß ich nicht. Sonst wär sie nicht gegangen, oder?“

–

Kuhl saß derweil noch immer im Gartenhaus. Nachdem er die Flasche Bier geleert hatte, fühlte er sich ein wenig sicherer. Er nahm sein Handy und begann Gehrings Mobilnummer zu wählen.

„Hallo, Herr Gehring. Tut mir leid, wenn ich Sie jetzt noch privat störe, aber ich muss einfach ... was? Sie sind noch im Büro?“

Kuhl überlegte nur kurz. Dann fasste er einen schnellen Entschluss.

„Herr Gehring, hätten Sie vielleicht einen Moment Zeit? Könnten Sie vielleicht auf mich warten? Dann würde ich noch kurz bei Ihnen im Büro vorbeischauen. Ich, na ja, eigentlich wir, hätten da was zu beichten. Etwas, das Ihnen vielleicht weiterhilft. Und etwas, das ich unbedingt und schnellstens loswerden muss."

–

„So, Herr Kuhl, bitte schön. Jetzt kann ich mich endlich mal für Ihren guten Kaffee revanchieren." Hauptkommissar Gehring hatte seine teure italienische Handmühle in Betrieb genommen und für den Abend einen milden und bekömmlichen Maya-Mexico-Kaffee, biologisch angebaut, zubereitet. Er stammte ebenfalls aus dem Programm der Firma am Kornmarkt in Frankfurt, die im Norden Fechenheims ihre Rösterei unterhielt. Dem grauenvollen Kaffeeautomaten auf dem Flur des Präsidiums und seinen hassenswerten Produkten hatte er schon länger abgeschworen. Er stellte die Tasse vor Kuhl auf den Schreibtisch. Unter anderen Umständen hätte Kuhl jetzt etwas mehr Begeisterung gezeigt. So schaute er den Polizisten nur leicht bekümmert an. Der hatte mittlerweile auf seinem Bürosessel Platz genommen.

„Was also haben Sie für mich, Herr Kuhl?", fragte er aufgeräumt.

Kuhl griff neben sich, hob den Koffer auf den Schreibtisch und öffnete ihn so, daß der Hauptkommissar hineinsehen konnte. Gehring pfiff leise durch die Zähne.

„Woher haben Sie das?"

Kuhl schaute betreten. „Wissen Sie, unser Karlo hat wieder einmal erst hinterher überlegt", begann er, „und als er dann gemerkt hat, in was er da hineingeraten könnte, hat er sich an mich gewandt", fügte Kuhl nicht ganz wahrheitsgemäß, aber Karlo-Kölner-schonend hinzu.

„Er hat den Koffer neben dem verunglückten Jaguar gefunden. Muss wohl rausgeschleudert worden sein bei dem Unfall. Und dann hat er in dem ganzen Durcheinander vergessen, davon zu berichten. Als es ihm wieder eingefallen ist, hat er mich gleich darauf angesprochen." Kuhl fühlte sich nicht besonders überzeugend. Aber was sollte er machen.

Gehring schaute dementsprechend skeptisch.

„Karlo Kölner! Das ist doch immer das Gleiche mit diesem Kerl. Warum kommt er damit nicht gleich zu mir, können Sie mir das erklären?"

„Nun, Sie kennen doch Karlo. Er drückt sich halt gerne vor dem Kontakt mit den Behörden. Und er hat eben auch Angst, seine Bewährung zu riskieren." Kuhl versuchte abzuwiegeln.

„Aber genau so erreicht er nur das Gegenteil. Auf diese Weise macht er alles nur noch ..." Gehring war aufgesprungen. Er wirkte nun sehr aufgebracht, dann winkte er plötzlich ärgerlich ab.

„Ach was, Kölner, Kölner, Kölner. Schicken Sie mir den Kerl hierher. Morgen, sobald es geht. Sonst lasse ich ihn holen. Und dann ist es endgültig Essig mit seiner Bewährung. Sagen Sie ihm das!"

Gehring war wieder zurück in seinen Sessel gesunken. Jetzt wirkte er plötzlich sehr müde. Er griff nach seiner Tasse und nippte kurz an dem aromatischen Getränk, bevor er fortfuhr. Er deutete auf den Koffer.

„Vielleicht hat aber auch unser Freund Kölner seine klebrigen Finger im Spiel? Meinen Sie nicht, das wäre eine Ausrede, dass der Koffer aus dem Auto stammt?"

„Warum hätte er mir dann von dem Koffer erzählen sollen? Das gäbe doch gar keinen Sinn. Er hat eben eingesehen, dass er viel früher hätte reagieren sollen."

Kuhl log sich nun um Kopf und Kragen, wie er glaubte. Er hatte keine Ahnung, warum er diesen Unglücksraben immer wieder in Schutz nahm, aber er war sich ziemlich sicher, dass Karlo nichts mit Rauschgift am Hut hatte. Das war absolut nicht sein Ding.

Bevor Gehring etwas sagen konnte, berichtete Kuhl von dem nächtlichen Besucher Karlos, um seine Ausführungen zu untermauern.

Der Hauptkommissar hielt sich mit beiden Händen am Schreibtisch fest, pendelte mit dem Oberkörper erst hin und her, dann vor und zurück. Schließlich erhob er sich und begann, in seinem Büro unruhig auf und ab zu laufen.

„Und ich soll das alles jetzt für Sie wieder geradebiegen, Herr Kuhl? Soll so tun, als ob ich Ihnen alles geglaubt hätte. Und irgendwie in die Akten schmuggeln, dass dieser Koffer nicht erst seit heute Abend bei uns liegt?"

Gehring wirkte empört. Aber nicht empört genug, fand Kuhl. Auf eine Art, die er nicht benennen konnte, schien ihn der Hauptkommissar zu mögen. Und wenn er ihm schon nicht alles glaubte, so glaubte er zumindest an Kuhls gute Absicht.

Hoffte Kuhl wenigstens.

„Noch mal, Herr Kuhl: Schicken Sie mir den Kölner her. Gleich morgen. Wir müssen das alles protokollieren. Und ich kann Ihnen nicht versprechen, dass wir den Kerl nicht doch erst einmal hierbehalten."

Gehring schaute Kuhl eindringlich an.

„Ich hoffe wie Sie, dass Kölner nichts mit dem Zeug hier

zu schaffen hat. Sonst bekommen auch Sie ein Problem. Ich bin nur ein kleiner Beamter und ich würde gerne meinen Job behalten."

Er schickte einen leeren Blick an die Decke, ehe er fortfuhr. „Und diesen Job will ich nicht auf dem Altar dubioser Freundschaftsdienste von wem oder für wen auch immer opfern."

–

Am nächsten Tag saßen Gehring und Reichard in ihrem Büro. Sie hatten Besuch von einem Kollegen aus der Kriminaltechnik. Er hatte auf einem Besucherstuhl zwischen den Schreibtischen der beiden Kommissare Platz genommen. Der Hauptkommissar musterte Harald Reichard ernst.

„Es gibt da was Neues, Reichard. Wir müssen uns um den verunglückten Fahrer aus Kuhls Garten, um diesen van Claassen, kümmern. Der steckt da in einer ganz krummen Sache drin, wie ich das sehe. Ich hoffe, er ist mittlerweile vernehmungsfähig."

Kommissar Reichard beäugte den Hauptkommissar neugierig.

„Was für eine Sache, Chef?"

Gehring berichtete in groben Zügen von dem Besuch Kuhls am Vorabend. Dann wandte er sich dem Polizisten aus der Technik zu.

„Was haben Sie denn für uns?" Fragend schaute er den Mann auf dem Besucherstuhl an.

Der Kriminaltechniker stand auf, ging zum Fenster und lehnte sich an den Fenstersims.

„Eine merkwürdige Sache, Herr Gehring. Der Koffer mit den Drogen, den Sie mir gestern gebracht haben ..."

„Was ist damit? Haben Sie noch was gefunden?"

„Na ja, wie mans nimmt. In dem Koffer war Kokain. So weit, so gut. Aber nur ungefähr die Hälfte. Der andere Teil war nur ganz normaler Puderzucker."

Der Hauptkommissar war entgeistert. Auch Reichard sah ratlos in die Runde.

„Und das heißt?", fragte er unsicher.

„Wenn Sie mich fragen, hat hier jemand versucht, sich einen schönen Teil des Kuchens zu sichern. Das sieht ganz so aus, als wären ein paar Gauner dabei, sich gegenseitig zu betrügen."

„Kölner!", entfuhr es dem Hauptkommissar. Sollte der Chaot sich tatsächlich etwas von dem Kokain aus dem Wagen abgezweigt haben? Er war unsicher. Aber ausschließen konnte er es nicht. Kuhl traute er eine derartige Aktion nicht zu. Dazu war er zu bürgerlich. Und die nötigen Kontakte, um das Rauschgift unter die Leute zu bringen, hatte der Motorradfahrer sicherlich auch nicht. Außerdem hatte Kuhl den Koffer auch selbst vorbeigebracht. Also vielleicht doch Karlo Kölner?

Kommissar Reichard meldete sich zu Wort.

„Na klar, Chef. Der Kölner. Der konnte seine Finger nicht bei sich behalten, als er gesehen hat, was in dem Koffer drin war."

„Auf jeden Fall brauchen wir Kölner jetzt hier. Sehen Sie zu, dass Sie ihn finden, Reichard. Ich kümmere mich morgen um Herrn van Claassen. Bitte veranlassen Sie, dass er eine Wache vor sein Krankenzimmer bekommt."

–

Als Kuhl abhob, hörte er einen ziemlich aufgeregten Kommissar Reichard. Zuerst verstand er überhaupt nicht, was der Polizist ihm sagen wollte. Die Geschichte hörte sich reichlich verworren an, und das Einzige, was er sofort verstand war, dass Reichard unbedingt mit Karlo sprechen wollte.

Ein paar Erklärungen später wusste er auch, warum.

„Puderzucker? Na, das ist ja ein Ding. Aber Karlo und Rauschgift? Das glaube ich einfach nicht. Das hat bestimmt jemand anderes ... aber warum fragen Sie ihn nicht selbst? Was? Das Handy ist ausgeschaltet? Wissen Sie was? Ich versuche ihn zu erreichen, und ich sorge auch dafür, dass er sich bei Ihnen meldet. Verlassen Sie sich auf mich.“

Dienstag, 27. Mai

13

Das Erste, was Karlo nach dem Aufwachen einfiel, war der Name Kevin. Er setzte sich auf und stellte die Füße auf den Holzboden vor sein Feldbett. Nachdenklich griff er nach dem Handy, das neben seinem Nachtlager auf dem Boden lag und wählte Gerris Nummer.

„Gerald Kuhl, hallo?"

„Hier ist Karlo, guten Morgen Gerri. Ich hoffe ich bin nicht zu früh, nein? Du, sag mal, kennst du jemanden, der Kevin heißt? Der letzte Woche irgendwas mit Tom zu tun gehabt haben könnte?"

„Kevin?", klang es Karlo verschlafen ins Ohr, „Ich kenne nur einen Kevin. Kevin Dries. Was willst du von dem?"

„Hast du eine Ahnung, wo der wohnt?"

„Der hat eine Wohnung in der Konstanzer Straße, zumindest ist er da immer mal wieder anzutreffen."

„Hast du die genaue Adresse?"

„Die Hausnummer kann ich dir nicht sagen. Es ist auf jeden Fall ganz am Ende der Straße. Und an der Klingel steht nicht Dries, sondern *Stern*. Warum willst du das denn wissen?", hakte Gerri nach.

„Ach, nur so. Ich habe da eine Vermutung. Ich melde mich wieder, wenn ich mehr weiß."

Gerri hätte gerne noch mehr erfahren. Doch Karlo hatte schon aufgelegt.

In der Nacht hatte sich Karlo hin und her gewälzt. Er musste unbedingt etwas in die Hand bekommen, das er Gehring erzählen konnte. Sonst würde er auf dem schnellsten Wege wieder im Knast landen. Und das galt es nun mit allen Mitteln zu verhindern.

Nach dem Gespräch mit Gerri hatte er den ganzen Tag gegrübelt. Später dann verließ er die Gartenhütte, um zu versuchen, an der frischen Luft auf andere Gedanken zu kommen. Vielleicht bot das Nummernschild des roten Mercedes eine Chance, in dieser Geschichte weiterzukommen.

Er schlenderte die Offenbacher Landstraße entlang und zermarterte sich das Gehirn. Gab es jemanden, der ihn unterstützen könnte? Ein Streifenwagen fuhr langsam an ihm vorbei, er registrierte ihn eigentlich nur ganz nebenbei. Doch urplötzlich durchzuckte ihn ein Geistesblitz.

Die Polizei!

Nein, nicht Gehring. Auch nicht seine zwei uniformierten Spezialfreunde von der Streife. Nein – wozu hatte man die Polizei als Freund? Als wirklichen Freund? Und wenn Karl mitspielte, jetzt vielleicht auch noch als Helfer. Karl Einser, ja, der würde ihm auf jeden Fall unter die Arme greifen können.

Froh über seine neuerliche Eingebung zerrte Karlo flink sein Handy hervor, suchte Einsers Mobilnummer in der Liste und wählte.

Er hatte Glück.

„Ja, Einser?“

„Hallo Karl, alter Bulle, hier ist Karlo. Wie gehts denn meinem Beinahe-Namensvetter so? Was sagst du? Rückenschmerzen? Scheiße! Und da liegst du jetzt zuhause rum? Na, dann mal gute Besserung!“

Karlo machte eine verlegene Kunstpause. Was er da vorhatte, passte momentan wohl nicht so besonders gut. Aber was sollte er denn machen? Also wandte er sich, mit ein wenig schlechtem Gewissen, wieder an den Polizisten.

„Äh, Karl, mal was ganz anderes“, stotterte er in sein Telefon, „du besitzt doch gute Connections, so als Bulle, oder? Weißt du, ich bräuchte mal die Adresse von einem Fahrzeughalter. Es geht um einen roten Mercedes ...“

Karlo spürte es fast körperlich, wie Einser am anderen Ende der Verbindung die Augen verdrehte. Er fühlte sich entsprechend ungemütlich. Doch was blieb ihm übrig?

„Was ist denn schon wieder los, Karlo? Du steckst mal wieder in der Klemme, was?“

„Ich? In der Klemme? Du machst wohl Witze, Karl. Nein, ich muss nur ... ach was. Ich erzähls dir, wenn ich alles erledigt habe. Bitte, tu mir den Gefallen! Ich bring schon niemanden um.“

Einser hatte das Handy vom Ohr genommen und betrachtete das kleine Telefon unwillig. Hätte er das Ding doch bloß ausgeschaltet gelassen.

„Hallo Karl, bist du noch dran? Hallo!“ Leise krächzte Karlos Stimme aus dem kleinen Lautsprecher.

„Ja doch, ich bin noch da.“ Einser seufzte resigniert. „Wie ist denn das Kennzeichen? Bitte? Ja, einen Moment, ich schreibe es auf. Wo ist denn dieser verdammte Stift? Ah hier ... ja.“ Einser machte eine kurze Pause und schrieb das Kennzeichen auf den Rand einer alten Zeitung.

„Ich ruf dich gleich zurück. Ich kann dir aber nichts versprechen.“

Eine Viertelstunde später war Karlo im Besitz eines Namens und einer Adresse. Leo Tilinski, das klang irgendwie nach Ärger, fand Karlo. Aber sei es drum – er musste jetzt handeln.

Karlo war zwischenzeitlich wieder vor seiner provisorischen Behausung angekommen. Er ging um die Gartenhütte herum, zog die Abdeckplane von seinem von Kuhl geliehenen MZ-Gespann und schob es vor das Eingangstor. In aller Eile schnappte er sich seinen alten Halbschalenhelm und warf sich seine Lederjacke über. Dann steckte er den Zündschlüssel ins Zündschloss, drehte ihn und betätigte den Kickstarter.

Aller Erfahrung zum Trotz erwachte der betagte Zweitakter, wenn auch stotternd, schon nach dem zweiten Tritt. Karlo legte den ersten Gang ein und fuhr los. Die ersten paar hundert Meter zog er eine gigantische blaugraue Qualmwolke hinter sich her. Dann lief das angejahrte DDR-Erzeugnis einigermaßen rund, und Karlo gab Gas.

14

Es begann allmählich dunkel zu werden. Die unansehnlichen Stellen des Bahnhofsviertels verschwanden langsam hinter grellbunten Neonreklamen. Karlo war schon lange nicht mehr hier gewesen. Viel schien sich nicht verändert zu haben. Vermisst hatte er diesen Stadtteil sowieso nie. Er rief sich die gesuchte Adresse zurück ins Gedächtnis. Nach kurzer Zeit hatte er das Haus gefunden. Das Gebäude in der Elbestraße hatte fraglos bessere Zeiten gesehen. Langsam fuhr er an dem verwahrlosten Bauwerk vorbei. Karlo bog links in die Kaiserstraße ein, wo er direkt an der Ecke einen Platz für sein Motorradgespann erspähte. Er setzte das Dreirad geschickt in die kleine Lücke und schaltete den Motor ab. Als er den Schlüssel zog, gab es noch eine kleine Verpuffung, dann stand das antiquierte Triebwerk still. Karlo setzte den Helm ab, löste die Spritzdecke des Seitenwagens und warf den Kopfschutz auf den Sitz.

Zurück in der Elbestraße sah er auf der gegenüberliegenden Seite den roten Mercedes stehen. Ein Strafzettel klemmte mahnend hinter dem Scheibenwischer.

Pech gehabt, Leo.

Karlo musste breit grinsen, als er die Szene hinter dem Wagen beobachtete. Ein seriös, aber unauffällig gekleideter Herr in mittleren Jahren blieb vor einer Eingangstür stehen. Unsicher blickte er sich nach allen Seiten um, das schlechte Gewissen stand ihm im Gesicht. Nachdem er ein zweites Mal nach allen Seiten gesichert hatte, zog er die Tür schnell auf und huschte ins Halbdunkel. Über der Tür blinkte ein rotes Neonherz auf gelbem Grund, darunter stand in einer geschwungenen Schreibschrift auf einem Leuchtkasten das Wort „Girls". Was der wohl seiner Frau entgegnete, wenn sie ihn heute Abend fragte: „Na, hat alles geklappt auf der Arbeit?"

Immer noch grinsend hatte sich Karlo wieder abgewendet und studierte die Namen auf den Klingelschildern. Ein Leo Tilinski war nicht dabei. Dafür waren an drei Stellen gar keine Namensschilder vorhanden.

Unschlüssig kratzte sich Karlo am Kopf. Aus den Augenwinkeln sah er eine kleine Ansammlung männlicher Personen. Einer der Männer hockte in der Mitte und hantierte mit irgendwas auf dem Boden. Hütchenspieler. Gab es denn immer noch Leute, die auf dieses illegale Spiel hereinfielen? Na, selber schuld, wer da mitmachte ...

Kölner setzte gerade seinen Fuß auf die Straße, um sich den roten Wagen einmal genauer anzusehen, da bemerkte er Leo. Er hatte die Tür des Eingangs, in dem der verschämte Herr vorhin so überaus diskret verschwunden war, aufgedrückt und bahnte sich breitbeinig einen Weg zu seiner Limousine.

Kein Zweifel, das war sein nächtlicher Besucher. Leo kam an der Beifahrertür zum Stehen, da sah er den Strafzettel. Als er das Knöllchen wütend unter dem Scheibenwischer hervorriss, öffnete sich die Tür des Etablissements ein zweites Mal. Ein Mann in einem teuren Jogginganzug und einer rotglänzenden Bomberjacke eilte heraus und umrundete den Wagen.

„Hier, ich habs dir gleich gesagt", tönte Leo ihm entgegen, „aber nein ..." Leo hatte das blaue Papier inzwischen zusammengeknüllt und warf es seinem Fahrer hinterher.

Als der Mercedes mit den beiden zwielichtigen Gestalten in die Kaiserstraße einbog, ratterte der Motor der MZ schon. Da sollte noch mal einer was gegen die Zweiradklitsche aus Zschopau sagen. Das war noch Wertarbeit. Einfach eben. Aber was nicht dran war, konnte auch nicht kaputt gehen. Kuhl hatte schon recht ... manchmal.

Er ließ zwei, drei Autos zwischen sich und den roten Wagen gelangen, dann quetschte er sich in den fließenden Verkehr und nahm die Verfolgung auf.

Inzwischen war es finster geworden. Karlo befand sich nun ungefähr hundertfünfzig Meter hinter den beiden Männern im Mercedes. Sie hatten die Uferseite des Mains gewechselt und waren im Begriff, in die Offenbacher Landstraße einzubiegen.

Karlo glaubte, das Ziel der beiden zu kennen und scherte am Mühlberg in eine freie Parklücke ein. Er zog das Handy aus seiner Jackentasche und schaltete es ein. Ein Signal ertönte. Eine SMS: *Jemand spielt hier falsch. Im Koffer war teilweise nur Puderzucker. Melde dich dringend bei den Bullen, sonst Ärger! Kuhl.*

Karlo verzog das Gesicht. Was sollte das denn? Puderzucker? Kuhl hatte recht. Da spielte wohl wirklich jemand falsch. Er hatte sowieso gerade vorgehabt, Gehring anzurufen. Denn er hoffte, dass er sich nicht täuschte, was das Vorhaben der beiden Gauner betraf.

Karlo hörte das Freizeichen dreimal, dann wurde abgenommen.

„Ich hätte gern mit Hauptkommissar Gehring gesprochen. Was? Nicht da? Und Kommissar Reichard? Nein? Na, dann vielen Dank ... was? Sagen Sie den Herren bitte, ich hätte angerufen? Karlo Kölner ist mein Name, ich melde mich morgen wieder." Verärgert legte er auf. Er wählte Gehrings Mobilnummer, die ihm Kuhl für alle Fälle überlassen hatte. Vorübergehend nicht erreichbar.

Nach kurzem Überlegen rief er Kuhl zuhause an. Kuhls Frau Kristin nahm ab und erklärte gereizt, ihr Mann sei nicht daheim.

Karlo wählte die Handynummer Kuhls. Keiner nahm ab. In Windeseile klickte Karlo eine SMS zusammen, suchte erneut Kuhls Nummer aus der Liste und schickte die Nachricht ab.

Was sollte er nun tun? Einfach abwarten? Nein, das war nicht sein Ding. Er musste eben alleine zurechtkommen. Nach ein paar Minuten trat er seinen fahrbaren Untersatz an und lenkte ihn wieder auf die Straße. Ein paar hundert Meter folgte er ihr, dann bog er in den Breulsweg ein und stellte das Fahrzeug ab.

Er hatte die Straße überquert und lief bis oberhalb des Gartens, in dem sich seine vorübergehende Unterkunft befand. Der Zaun zur Straße war noch nicht repariert und lag auf zirka drei Metern flach in der Böschung. Der rote Mercedes war nirgends auszumachen. Karlo ging hinter einer Brombeerhecke in Deckung und spähte durch die Ranken, Richtung Gartenhütte.

Nichts zu sehen! Kölner wollte sich gerade erheben, da vernahm er undeutliche Stimmen, leise, flüsternd. Oder hatte er sich getäuscht? Vielleicht war alles nur falscher Alarm?

Es knirschte leise, als er behutsam auf den Maschendraht

des flachliegenden Zauns stieg. Er ließ sich nach hinten zu Boden gleiten und kletterte auf diese Weise langsam die Böschung hinunter, ohne die Hütte aus den Augen zu lassen.

Kein Lüftchen regte sich und nichts war zu hören. Der Mond war nur zu weniger als einem Viertel zu sehen und wirkte auf Karlo wie ein grell beleuchteter abgeschnittener Fingernagel. Kurz musste er lächeln über diesen Vergleich, dann lief er geduckt auf die Eingangstür der Hütte zu.

Zu spät, dachte Karlo noch, als er erkannte, dass die Tür aufgebrochen war. Er spürte den Schlag auf seinem Hinterkopf nur noch kurz, dann verlor er das Bewusstsein.

Im Licht der Thekenlampe sah Karlo die Faust schemenhaft auf sich zufliegen. Sie traf hart auf seinen linken Wangenknochen.

„Wo ist der Koffer, du Penner?“ Leo stand breitbeinig über Karlo und sein Gesicht ließ keinen Zweifel daran, dass er es ernst meinte. „Ich habe genau gesehen, dass du ihn dir unter den Nagel gerissen hast!“

Verflixte Kiste! Da hatte er sich überrumpeln lassen wie ein Anfänger. Leugnen hatte jetzt wohl keinen Zweck. Es war sowieso einerlei. Egal, was er jetzt sagte, es würde zu neuen Schmerzen führen. Also versuchte es Karlo ausnahmsweise mit der Wahrheit.

„Den Koffer haben die Bullen. Ich hab schon genug Ärger deswegen. Und ihr beiden hättet sowieso keine Freude daran gehabt.“

Karlos dunkle Vermutung bezüglich noch ausstehender Schmerzen bewahrheitete sich augenblicklich. Ein besonders heftiger Tritt traf ihn in den Bauch. Karlo stöhnte laut auf.

„Ich hab keine Geduld mehr, Arschloch. Also, wo ist das Ding? Raus mit der Sprache!"

Karlo erinnerte sich an die SMS, die er von Kuhl bekommen hatte und versuchte es, wie so oft, mit der halben Wahrheit und einem Bluff.

„Das Problem ist, dass du nicht zuhören kannst, mein Freund", presste Karlo mühsam heraus. „Euer Sportwagenkumpel ist sauber reingelegt worden. Vielleicht solltet ihr ja auch reingelegt werden, keine Ahnung. Ich blick da nicht ganz durch. Aber das ist auch gar nicht von Belang. Auf jeden Fall war in dem Koffer kein Stoff drin, wenn ihr das meint."

Der zweite Mann war neben den Glatzkopf getreten.

„Soll ich ihm ..."

Leo Tilinski unterbrach seinen Partner barsch.

„Halt mal die Klappe!"

Beleidigt machte Vince einen Schritt auf die Seite. Leo funkelte den vor sich Liegenden böse an.

„Was sagst du da? Was soll das heißen?"

„Das soll heißen: Ihr hättet das Zeug nur zum Kuchenbacken verwenden können. In den Päckchen war reiner Puderzucker. Das könnt ihr jetzt glauben oder nicht. Ich kanns nicht ändern." Karlo duckte sich und spannte die schmerzenden Bauchmuskeln an. Aber es passierte nichts.

Leo überlegte angestrengt. Oder machte zumindest den Versuch. Karlo legte schnell nach.

„Hör zu, Mann, ein Kumpel aus unserem Club hat das Zeug hier in dem Koffer gefunden und einen Riesenzoff gemacht deswegen. Nachdem ich gesehen hatte, was da drin war, wollte ich nichts mehr damit zu tun haben. Ich hab noch Bewährung, Mann, du weißt, was das bedeutet. Das Zeug wäre so oder so bei den Bullen gelandet. Aber mein

Kumpel wollte eben wissen, was das für ein Kram ist und ich hab es mir angeschaut. Ich weiß schon ungefähr, worum es geht. Und ich sage euch: Das war wirklich allerfeinster Staubzucker."

Leos Gesicht verzerrte sich zu einer Grimasse.

„Diese dreckige kleine Ratte. Wenn das wirklich stimmt, dann ..."

„Wenn das wirklich stimmt, was dann?", äffte der Fahrer Leo nach. „Der kanns uns jetzt nicht sagen. Und was mit van Claassen ist, wissen wir auch nicht. So eine Scheiße!" Wütend trat er gegen den schweren eisernen Ofen, der in der Mitte des Raumes an einen Kamin angeschlossen war. Ein Fehler. Er zog scharf Luft durch die Zähne und hüpfte mit schmerzverzerrtem Gesicht auf einem Bein zur Theke. Dort ließ er sich auf einem Barhocker nieder und starrte wütend auf Karlo Kölner.

„Der weiß mehr, als er sagt, Leo", stieß Vince unvermittelt aus. „Das ist keiner, der sich raushält. Was hätte der sonst hier zu suchen. Welcher normale Mensch drückt sich um diese Zeit in den Kleingärten rum?"

„Vielleicht hast du recht. Womöglich weiß er wirklich noch mehr." Leo strahlte allerdings eine gewisse Unsicherheit aus.

„Wir sollten ihm eine Spezialbehandlung verpassen, bis er rauslässt, was er weiß ..." Leos Fahrer grinste ein niederträchtiges Grinsen.

–

„Ich hab dir doch gesagt, dass der Typ was weiß. Der Kerl hat es faustdick hinter den Ohren."

Triumphierend blickte der Mann hinter dem Lenkrad seinen Beifahrer an. „Und es scheint auch zu stimmen, was er uns gesagt hat. Wir haben den weißen Transporter selbst gesehen."

Vince schaute seinen Komplizen selbstsicher an.

„Das war gute Arbeit, was? Wir hätten ihn aber trotzdem gleich kaltmachen sollen. Der macht noch Ärger."

„Nach deiner Spezialbehandlung hat noch keiner zweimal verlangt. Das tut der sich nicht noch mal an."

Damit war der Fall für Leo erledigt.

„Wir werden sehen. Wie muss ich jetzt fahren?", fragte Vince schnell. „Du hast gesagt, du kennst den Weg."

Leo spannte den Sicherheitsgurt über seinen massigen Körper und klickte ihn fest.

„Du fährst bei Bischofsheim auf die A66 und dann immer Richtung Fulda, bis zum Autobahnende. Dann sehen wir weiter." Er beugte sich nach vorne, öffnete das Handschuhfach und zog einen ADAC-Atlas hervor.

–

„Er ist da. Das Licht brennt. War wohl blinder Alarm, wieder mal so eine Karlo-Kölner-Aktion." Jochen Schwarz war genervt, als er den Feldweg entlanglief.

Gerri Kuhl ging dicht hinter ihm. Neben ihm griff Karl Einser zu seiner Dienstwaffe. Einser hob die linke Hand und legte sie Schwarz von hinten auf die Schulter.

„Stopp. Lasst mich vorgehen, man weiß nie. Vielleicht stimmt ja doch was nicht."

Einser hatte ein starkes Schmerzmittel genommen. Sein Rücken befand sich zwar auf dem Wege der Besserung, aber bei einer solchen Aktion, so hatte er sich gedacht, könne er keine Schmerzen gebrauchen.

Einser schob vorsichtig das Eingangstor zum Garten auf und betrat das Gelände. Schwarz und Gerri Kuhl folgten ihm.

„Ihr wartet hier. Und Ruhe!“

Den Zeigefinger auf die Lippen gelegt schaute Einser seine beiden Freunde an. Dann schlich er auf die Eingangstür der Hütte zu. Am ersten Fenster blieb er stehen und schaute vorsichtig hindurch.

Was er sah, gefiel ihm ganz und gar nicht!

Er winkte den beiden anderen und Schwarz setzte sich langsam in Bewegung. Als er Einser erreicht hatte, flüsterte dieser ihm eine Anweisung ins Ohr. Der Polizist hielt die Waffe nun in Kopfhöhe mit der Mündung nach oben. Er hatte sie mit beiden Händen gepackt und wartete. Auf ein Kopfnicken Einsers hin riss Schwarz die Tür mit einem Ruck auf. Einser sprang in den Raum. Er drehte sich und sicherte mit seiner Waffe nach allen Seiten. Als er auch die beiden anderen Räume inspiziert hatte, rief er seine Begleiter zu sich.

„Gerri, los, hol bitte eine Schüssel Wasser. Und Jochen, bring mir den Erste-Hilfe-Kasten aus dem Auto, mach schnell.“

Auf dem Boden hinter dem langen Tisch lag Karlo Kölner. Man hatte ihn verschnürt wie ein Weihnachtspaket. Sein Gesicht war derart blutverschmiert, dass Karl Einser keine Vorhersage auf die Art seiner Verletzungen wagte.

Als Gerri mit dem Wasser kam, hatte Einser schon Karlos Fesseln gelöst. Gerri gab dem Polizisten ein Geschirrhandtuch.

„Hier, es war nichts anderes zu finden.“

Einser grinste matt. „Wird schon gehen. Unser Patient ist sonst auch nicht so pingelig, was?“

Karlo ließ ein leises Wimmern vernehmen, dann öffnete er die Augen. Karl Einser hockte vor Karlo auf dem Boden und tupfte behutsam das Blut mit dem kalten nassen Tuch aus Karlos Gesicht.

„Autsch, verdammt noch mal, pass doch auf.“ Karlo versuchte sich aufzusetzen. Da erst registrierte er seine drei Kumpels.

„Gerri, Mensch, was machst du denn hier?“ Er dachte an die SMS, die er an Gerris Vater geschickt hatte.

„Ist dein Vater nicht hier? Hat er die Nachricht nicht gekriegt?“

„Keine Ahnung!“ Gerri zog sein Handy aus der Tasche. „*Ich* hab hier eine Nachricht von dir. Und da hab ich gleich bei Karl angerufen. Jochen war gerade bei ihm, weil er ihm ein paar Sachen vorbeigebracht hat, die er ihm während der Ausfahrt in die Vogesen im Seitenwagen transportiert hatte. So ein Japan-Chopper hat eben wenig Ladekapazität. Ja, und die beiden haben sich dann gleich auf den Weg gemacht. Das Ganze klang sehr dubios, und da dachte ich, ich bring lieber mal einen Polizisten mit.“

„Mensch Gerri, da wollte ich dich nicht mit reinziehen. Ich hab mich wohl in der Telefonliste vertan. Tut mir leid ...“

„Schon gut, ist ja nichts passiert. Wer weiß, auf welche Gedanken mein Vater gekommen wäre.“

„Was war denn los? Wer hat dich so zugerichtet?“ Einser sah Karlo skeptisch in die Augen. „Jetzt erzähl mal, aber bitte alles. Und bitte flott!“

Nach Karlos Bericht schauten die drei sich betroffen an. Es herrschte Stille in dem kleinen Raum. Schwarz hatte sich als Erster wieder gefasst. Spöttisch schaute er in die Runde.

„Und wo bitte ist die versteckte Kamera? So was passiert doch keinem normalen Menschen. Na ja, höchstens Karlo Kölner ..."

Kölner stand mittlerweile wieder auf den Beinen. Einser schaute ihn prüfend an.

„Wie fühlst du dich? Bist du einigermaßen fit?"

„Fit wie ein rohes Hacksteak. Gieß schon mal reichlich Öl in die Pfanne, Karl."

Karl Einser schaute energisch in die Runde.

„Was meint ihr, Leute? Wir wissen doch, was die Typen vorhaben. Kaufen wir Sie uns?"

–

Reinfelds weißer Transporter rollte nunmehr ein zweites Mal binnen kurzer Zeit in Richtung Fulda. Nur dass dieses Mal drei hoch motivierte Hobby-Kriminalisten und ein krankgeschriebener Polizist an Bord waren.

Gerri hatte sich ans Steuer gesetzt. Karlos Zustand war noch nicht dazu angetan, großes Vertrauen in seine Fahrkünste zu investieren. Er schaute nachdenklich durch die Windschutzscheibe auf die Autobahn.

„Eigentlich sollte ich noch schnell mit Herbert reden. Ich meine, der wird seinen Transporter vermissen, und ich muss morgen ja auch wieder zur Arbeit." Kölner nahm sein Handy und wählte die Nummer von Reinfelds Firma.

„Der ist ganz bestimmt noch im Büro", vermutete er. „Vor Mitternacht geht der nur selten nach Hause, dieser alte Workaholic ... hallo? Ja Herbert, hier ist Karlo. Herbert, brauchst du mich diese Woche unbedingt? Ich habe noch ...", Karlo brach ab, überlegte kurz, dann grinste er schelmisch und fuhr schnell fort: „Ich habe diese Woche noch einen Umzug zu machen, gewissermaßen, und da brauche ich ein wenig zeitlichen Spielraum. Ja, und weißt du, den Transporter ..."

Reinfeld bekam wieder dieses seltsame Ziehen in der Magengegend, das er immer bekam, wenn Karlo ihn anrief und auf seine typische Art herumdruckste. Aber er bearbeitete noch ein wichtiges Angebot, das er morgen früh einem Kunden vorlegen wollte. Und so schob er Karlo erst einmal in die zweite Reihe seines Interesses.

„Karlo, ich habe jetzt überhaupt keinen Kopf dafür. Melde dich einfach morgen Vormittag noch einmal. Im Moment ist es relativ ruhig in der Firma. Aber du solltest schon irgendwann mal mit der Fassade fertig werden, was meinst du? Und wenn du abends nach Hause gehst, wäre es schön, wenn du das Werkzeug saubermachen würdest, du alter Schmutzfink! Aber gut ... ruf mich eben morgen noch mal an."

Reinfeld hatte keine Lust auf lange Diskussionen und legte schnell auf.

In Fulda lotste Karlo Gerri die Petersberger Straße hinauf Richtung Dipperz, dann ging es links nach Langenbieber. Dort bogen sie am Ortsausgang rechts ab zur Milseburg.

Die Nacht war heute besonders klar. Außerhalb der Ortschaften mit ihren Lichtern und der Straßenbeleuchtung hatte man freie Sicht auf einen grandiosen Sternenhimmel. Trotzdem war es relativ dunkel, denn ein paar Tage nach Neumond verfügte der Erdtrabant noch über keine große Leuchtkraft. Man konnte die Milseburg in der Finsternis nur konturenhaft erahnen. Mit Einbruch der Dunkelheit war es empfindlich kühl geworden. Die Gänsehaut, die Gerri von Zeit zu Zeit überlief, ließ sich allerdings nicht alleine mit dem niedrigen Thermometerstand erklären.

Eine gute Viertelstunde später hatten sie den kleinen Weg gefunden, der rechts nach Steinbach einmündete. Die Ortschaft bestand aus vielen zumeist kleineren Gebäuden, teilweise auch schmucke Holzhäuser, die in der Regel als Wochenenddomizil genutzt wurden. Es gab aber auch einige größere Häuser, Stein auf Stein gebaut, in denen das ganze Jahr über Leute wohnten. Einige der kleineren Behausungen aus Holz erinnerten Karlo stark an seine Unterkunft im Oberräder Garten des Motorradclubs.

Karlo fuhr die erste Straße nach dem Abzweig wieder links, hin zur Mitte der kleinen Siedlung. Vor der nächsten Kreuzung schaltete er den Motor aus und ließ den Transporter am Straßenrand ausrollen.

„Wir sollten jetzt besser vorsichtig sein. Die brauchen uns nicht gleich zu hören. Das heißt, wenn sie überhaupt hier sind. Kommt mit, da vorne müssen wir gleich rechts entlang."

Das Quartett bog in den Weg ein, als Karlo schnell eine Hand hob.

„Bingo! Da steht die Karre. Karl, du hast deine Waffe dabei. Pauls Haus steht am nächsten Abzweig links, direkt an der Ecke. Davor ist an der linken Seite ein kleiner freier Platz. Ich schlage vor, dass du versuchst, von da aus aufs Grundstück zu gelangen. Der Zaun hat schon bessere Zeiten gesehen. Da kommst du irgendwo durch. Der Schuppen mit den Maschinen steht auf der Rückseite des Hauses. Jochen und ich, wir versuchen einfach von vorne reinzukommen. Und Gerri, du sorgst mal für vier Plattfüße an der roten Karosse, im Falle dass unsere beiden Freunde das Weite suchen wollten. Und du wartest dann am Mercedes. Und alles bitte leise ...“

Kölner ging geduckt auf die Eingangstür des Hauses zu. Alles wirkte ruhig. Zu ruhig, fand er.

Vorsichtig drückte er die Türklinke. Abgeschlossen. Okay. Wenn die Gangster noch zugange waren, dann sowieso im Schuppen. Er schlich rechts ums Haus herum.

Karl Einser hatte eine lockere Stelle im Zaun gefunden, an der sich der Maschendraht anheben ließ. Als er sich bückte, um darunter durchzukriechen, hätte er fast laut aufgeschrien. Sein Rücken hatte sich zurückgemeldet, und nicht zum ersten Mal für heute verfluchte er sich, dass er das Telefon abgenommen hatte. Auf allen vieren krabbelte er ein paar Meter auf das Hauptgebäude zu und beobachtete das Grundstück. Die Straßenlaterne beleuchtete nur die ihm abgewandte Seite des Hauses, die linke Seite lag fast vollständig im Dunkeln. Er würde also ungesehen zum Schuppen gelangen.

Es waren noch gut fünf Meter bis zu dem hölzernen Nebengebäude, als Karlo durch das kleine Fenster links neben der Doppeltür den Schein einer Taschenlampe bemerkte. Bevor er sich Gedanken über sein weiteres Vorgehen machen konnte, öffnete sich die Tür. Leo Tilinski betrat den schmalen Betonweg, der zur Straße führte. Er hielt eine gefüllte Plastiktüte in der Hand. Hinter ihm schlüpfte sein Fahrer ebenfalls aus dem Holzgebäude. Diesem rutschte die Tür aus der Hand und fiel mit einem Poltern gegen den zweiten Flügel.

„Leise, du Idiot!“ Tilinski war herumgefahren und sah Vince wütend an. Der hatte den Kopf gehoben und eine Bewegung hinter Leo bemerkt.

„Verdammt, wie kommt der denn hierher ...“, er stockte kurz und streckte den Arm aus. „Vorsicht Leo, hinter dir!“

Jochen Schwarz wartete nicht lange. Mit einem Sprung erreichte er Leos Kollegen, fasste ihn mit dem Arm um den Hals und zog ihn nach hinten. Leos Fahrer versuchte, in seine Jacke zu greifen.

„Denk nicht mal dran, du Pfeife!“

Einsers Stimme schnitt scharf durch die Dunkelheit. Die Mündung seiner Dienstwaffe schwebte etwa einen halben Meter vor dem Kopf von Vince. Leos Komplize erstarrte mitten in der Bewegung.

Karlo spürte nur noch einen heftigen Schlag gegen die Brust, dann taumelte er nach hinten, fiel auf den Hintern, schrie auf vor Schmerzen und sah Leo vorbeihasten. So ein verfluchter Mist! Er war wirklich noch nicht auf der Höhe.

Gerri hörte Karlos Schrei und duckte sich hinter die Hecke neben den Grundstückseingang. Er hörte Leos schnelle Schritte näher kommen. Er packte den armdicken Ast, den er sich aus dem Holzstapel vor dem Nachbargrundstück gezogen hatte, fester. Das niedrige Gartentor schwang auf, Leo schoss auf die Straße und stutzte. Was in aller Welt war denn das? Mit einem Fluch beugte er sich nach vorne und begutachtete den linken Vorderreifen des Mercedes. Platt! Diese Hurensöhne! Er kam nicht mehr dazu, sich wieder aufzurichten.

„Na, das war ja einfach.“

Gerri warf den Holzscheit an den Straßenrand und kniete sich auf Leo Tilinskis Rücken. Schwarz und Einser führten Leos Kumpan gemeinsam auf die Straße. Karlo kam mit schmerzverzerrtem Gesicht hinterhergehinkt.

„Einen Moment noch“, ächzte er. „Wartet mal. Ich hab hier noch was abzugeben.“

Schwarz und Einser hielten verblüfft inne, Karlo umrundete sie und blieb vor Leos Partner stehen. Es war eine unglaublich schnelle, wütend ausgeführte Bewegung. Es gab ein unangenehm knackendes Geräusch, als Karlos Faust mitten auf der Nase von Vince landete.

Eine halbe Stunde später rollte der Transporter wieder an der Milseburg vorbei. Im Laderaum war die Laune wesentlich schlechter als im Führerhaus. Einser hatte ganze Arbeit geleistet und dabei eine komplette Rolle Klebeband verbraucht. Karlo hatte sein Handy am Ohr und sprach mit triumphierendem Tonfall.

„Hallo Herr Gehring. Entschuldigen Sie bitte die frühe Störung. Aber es ist wirklich wichtig. So etwa gegen ...“, er schaute prüfend auf die Zeitanzeige seines Handys, „ja, gegen sechs Uhr heute morgen hätte ich eine ganz wichtige Lieferung für Sie. Direkt ans Präsidium. Könnten Sie dann schon da sein? Bitte! Ja? Was? Nein, das erfahren Sie dann, bitte vertrauen Sie mir. Wir müssen jetzt los! Sie haben doch noch zwei Zellen frei?“

Er legte schnell auf und schaute Gerri an.

„Hör mal, Gerri, du kannst die beiden Mistkerle doch für mich abliefern?“

Gerri schaute Karlo unwillig an.

„Jetzt komm schon, Gerri, ich hab keine Lust, von Gehring gleich wieder mit hopsgenommen zu werden. Du kannst ihm sagen, ich rufe ihn sobald wie möglich an und werde versuchen, ihm alles zu erklären. Danach sehen wir weiter.“

Einser hatte nach dem Einsteigen seine Jacke zusammengerollt und sie sich zwischen Sitzlehne und unteren Lendenwirbel geklemmt. Die Rückenschmerzen kehrten langsam zurück. Er legte seine Dienstwaffe auf die Ablage unter der Windschutzscheibe.

„Mann, pass bloß auf mit der Knarre. Ich brauche nicht auch noch eine Kugel im Bauch", krächzte Karlo, der seine Blessuren nun ebenfalls heftig spürte.

Einser grinste.

„Lass mal, Karlo, das Ding ist sowieso nicht geladen!"

Jochen Schwarz klappte das Kinn herunter.

„Wie bitte?" Fassungslos starrte er den immer noch grinsenden Polizisten an. „Du hast die ganze Zeit mit einer ungeladenen Waffe herumgefuchtelt?"

„Na, es musste doch alles so schnell gehen. Da habe ich doch glatt die Munition im Schrank vergessen."

Einen Moment herrschte eisiges Schweigen unter den Freunden. Am Ortsausgang von Langenbieber schaltete Gerri in den zweiten Gang herunter, um besser die Steigung zum Wald hochzukommen.

Dann brach im vollbesetzten Führerhaus schallendes Gelächter aus.

15

Holger van Claassen stand am Telefon in dem kleinen Vorraum zum Gang mit den Krankenzimmern und kratzte sich nervös am Hals. Wo steckte bloß dieser Kevin Dries? Das Handy war offenbar ausgeschaltet, in der Wohnung in Fechenheim meldete sich keiner und im Haus seiner Eltern, wo Kevin immer noch ein Zimmer hatte, hob ebenfalls niemand ab. Wenn er nur sein Handy hätte, dachte er. Dann könnte er diesen Tom anrufen. Vielleicht hätte der ihm etwas sagen können. Aber das Handy lag wahrscheinlich noch in seinem demolierten Jaguar.

Van Claassen fühlte sich bis auf seine Kopfschmerzen und dem gelegentlichen Schwindel wieder ganz gut. Aber dass Kevin nicht zu erreichen war, machte die Kopfschmerzen nicht gerade besser. Er musste etwas unternehmen, ehe das Zeug endgültig weg war. Wer weiß, was den Brüdern noch einfiel. Diese ganze Geschichte, die Kevin ihm da aufgetischt hatte, war oberfaul. Er hätte gleich durchgreifen müssen. Und dann der Koffer! Sollte die Polizei den Koffer geöffnet haben, würde das nichts Gutes bedeuten. Er musste sofort hier raus und diesen Dries ausfindig machen. Oder, besser noch, die restliche Ware. Auf jeden Fall wäre es gut Klarheit zu haben, was mit dem Koffer passiert war. Man konnte nie wissen ...

Er hatte den Hörer in die Gabel gehängt und war rasch auf sein Zimmer zurückgekehrt. Einen kurzen Moment lang betrachtete er sich im Spiegel und begutachtete den Verband, den man um seinen Kopf gelegt hatte. Als er seine restliche Kleidung aus dem Wandschrank neben dem Waschbecken nahm, öffnete sich die Tür.

„Ja, sagen Sie mal, was haben Sie denn vor?“, hörte er die entrüstete Krankenschwester. „Legen Sie sich bitte sofort wieder hin. Ich kann nicht garantieren, dass ...“

Grob unterbrach van Claassen die weißgekleidete Frau. „Sie sehen es doch. Ich gehe nach Hause. Ich kann es mir nicht leisten, hier noch tagelang rumzuliegen. Ich bin Geschäftsmann und deshalb ...“

„Ich hole den Stationsarzt. So geht das nicht, Herr van Claassen, so nicht!“

„Holen Sie doch, wen Sie wollen“, entfuhr es ihm böse.

Die Schwester eilte schnell aus dem Zimmer und machte sich auf die Suche nach dem Stationsarzt. Zehn Minuten später betraten Arzt und Schwester das Krankenzimmer.

Der Patient war verschwunden.

„Mensch, Schwester Inge, hätten Sie nicht besser aufpassen können? Wer übernimmt denn dafür die Verantwortung? Der Patient war noch lange nicht so weit, die Klinik verlassen zu können!“

„Ich kann ihn doch nicht ans Bett fesseln“, engegnete die Schwester kratzbürstig.

Sie schaute ihren Chef unterkühlt an.

„Ist ja schon gut, Schwester, ich hab ja nichts gesagt“, wiegelte der Doktor ab. „Besorgen Sie mir aber noch die Unterlagen des Patienten.“

Er schaute sie streng an. „Jetzt gleich, bitte.“

–

Hauptkommissar Gehring verließ den Fahrstuhl im dritten Stock und ging nach links. Er schob eine drahtverglaste Schwingtür auf und studierte das Schildchen neben der ersten Tür auf der rechten Seite. Hier war er richtig. Zimmer 352 hatte man ihm an der Information gesagt. Nur noch zwei Räume weiter. Gehring schaute den Gang entlang und wunderte sich, dass die Tür unbewacht war. Er ging die paar Schritte zum übernächsten Eingang und klopfte kurz an. Dann drückte er auf die Klinke und schob die Tür auf.

„Zu wem wollen Sie denn?"

Gehring blickte einer Krankenschwester in die Augen. Er antwortete ihr nicht gleich, da er kurz darauf verblüfft das leere Bett bemerkte. Dann musterte er die Schwester erneut, die gerade dabei war, das Zimmer zu verlassen. Hinter ihr stand ein älterer Herr im weißen Kittel, augenscheinlich ein Arzt, und war im Begriff ihr zu folgen. Gehring griff in seine Tasche und zog seinen Ausweis hervor.

„Zu Herrn van Claassen wollte ich. Da bin ich doch hier richtig? Hat man mir zumindest unten am Empfang gesagt."

Der Doktor stellte ein empörtes Gesicht zur Schau.

„Sie kommen genau fünf Minuten zu spät. Herr van Claassen hat unser Haus gerade verlassen." Er zwinkerte nervös hinter seiner runden Brille. „Und zwar eigenmächtig", fügte er vorwurfsvoll hinzu. „Ich übernehme keine Verantwortung für den Patienten, wenn ihm etwas zustoßen sollte."

„Das darf doch nicht wahr sein! Sagen Sie, war denn hier kein Polizeibeamter vor der Tür postiert?" Der Hauptkommissar schaute den Arzt ratlos an. Der schaute nicht minder entgeistert zurück.

„Ein Polizeibeamter? Warum denn das?"

Gehring schlug sich mit der flachen Hand an die Stirn. Reichard mal wieder! Dann drehte er sich um und ging eilig zum Fahrstuhl zurück. Vor der Tür zückte er sein Mobiltelefon und rief seinen vergesslichen Kollegen an, um ihm gehörig den Marsch zu blasen.

Mittwoch, 28. Mai

16

„Es ist schon merkwürdig." Gehring blätterte in der Akte der Kriminaltechnik. „Am Lenkrad des Peugeot waren keine Fingerspuren festzustellen. Es wurde ganz offensichtlich gründlich abgewischt. Und auch am Schaltknüppel sowie am Griff der Fahrertür haben wir keinerlei Abdrücke gefunden."

„Und dieser fehlende Schuh, was ist mit dem?" Kommissar Reichard fügte seinen Beitrag zu Gehrings Überlegungen hinzu.

„Ja, dieser fehlende Schuh. Das ist eine merkwürdige Sache." Gehring schaute auf. „Der Schuh könnte verloren gegangen sein, als man versucht hat, den Toten ins Wasser zu werfen. Und wo wurde er ins Wasser geworfen?"

Gehring war plötzlich aufgesprungen.

„Ins Wasser geworfen? Reichard, da liegt vielleicht ein Teil der Lösung. Da hätten wir wirklich gleich draufkommen müssen. Wo wurde der Tote ins Wasser geworfen? Wenn wir das wissen, wissen wir unter Umständen auch, wo sich der Schuh befindet."

„Dieser weiße Peugeot stand doch neben ..." Plötzlich erhellte sich das Gesicht Reichards.

„Der Halter des Peugeot, dieser Tom Krause? Chef, Sie haben recht. Das ist doch ... dass wir das nicht gemerkt haben."

„Absolut denkbar! Also los, Herr Kommissar. Schauen wir uns noch mal um.“

Eine Stunde später durchkämmten die Kommissare das Gebüsch am Ufer links neben dem Offenbacher Ruderclub. Nach einiger Zeit hörte Gehring die Stimme des Kollegen.

„Herr Gehring, hier, ich habe ihn. Ich habe den Schuh. Sie hatten recht mit Ihrer Vermutung. Das war ziemlich schlampig vom Täter, was? Na, vielleicht war es ihm auch völlig egal.“

Reichard hatte Handschuhe an, hielt den weißen Turnschuh mit den roten Streifen aber trotzdem an einem kleinen Stöckchen mit der rechten Hand in die Luft. Die linke Hand hielt er hinter dem Rücken.

Gehring kam angelaufen, hielt einen Moment inne und starrte dann nachdenklich auf den Schuh.

„Fällt Ihnen an dem Schuh was auf, Reichard?“

„Was soll mir auffallen? Das ist ein ganz normaler Turnschuh, oder wie nennt man das heute?“

„Nein, ich meine nicht den Schuh alleine. Zu Ihrer Beruhigung: Mir fällt es auch erst eben auf. Rufen Sie sich noch mal den Toten in Erinnerung. Und dann sehen Sie sich diesen Schuh an ...“

Reichard hatte sich auf den Rand des Bootsstegs gesetzt und fixierte irritiert die Fußbekleidung.

Der Hauptkommissar half seinem Kollegen auf die Sprünge.

„Welche Schuhgröße ist das denn, Reichard?“ Gehring war neben seinen Kollegen getreten. Reichard lugte in den Schuh und fand die kleine, etwas abgewetzte Zahl.

„Größe vierundvierzig, ich ... ach das meinen Sie, Chef. Mensch – Sie haben recht. Dieser kleine Kerl – Sie denken, dass die Schuhe dem Toten zu groß gewesen sein müssen ... das sollten wir abchecken. Aber was würde das bedeuten?"

„Das müssen wir eben herausfinden. Seltsam ist das schon, nicht?"

Reichard hielt seine linke Hand immer noch hinter dem Rücken versteckt. Gehring hakte nach.

„Was machen Sie eigentlich die ganze Zeit mit Ihrer Hand da auf dem Rücken?"

Kommissar Reichard guckte seinen Vorgesetzten unschuldig an. „Ich hab sozusagen noch was in der Hinterhand, Chef. Sehen Sie mal hier!"

Er nahm seine linke Hand hinter den Rücken hervor und Georg Gehring staunte. Siegesgewiss hielt ihm sein Kollege eine Pistole vor die Nase.

–

Die Leute aus Labor und Kriminaltechnik hatten sich beeilt und nun schon einiges zu berichten.

„Ja, also, das Geschoss aus dem Kopf des Toten vom Mainufer ist mit der Waffe, die Sie dort am Steg gefunden haben, abgefeuert worden. Das steht zweifelsfrei fest. Im Übrigen haben wir auf der Waffe Fingerabdrücke sichergestellt. Einen davon haben wir im Archiv gefunden. Vincent Gatzlaff. Ein Dealer, kleines Licht. Aber die Abdrücke auf dem Abzug und links an der Seite stammen zweifelsfrei von dem Toten."

„Was heißt das? Dass er sich selbst erschossen hat?" Reichard hatte sich eingeschaltet und schaute den Kollegen aus dem Labor fragend an.

„Möglich wäre das schon, rein technisch gesehen", kam

die Antwort. „Aber ich stelle mir gerade einen Mann vor, der mit nur einem Schuh bekleidet auf einem Steg steht, sich in den Kopf schießt und dann ins Wasser springt. Das klingt nicht sehr wahrscheinlich, meinen Sie nicht auch?“

„Da haben Sie recht. Was ist mit dem zweiten Schuh?“

„Das meiste ist ziemlich verwischt. Die Knöchelkappe am Schuh ist aber recht glatt. Da gibt es einen ziemlich klaren Abdruck. Und der stammt ebenfalls von einem Bekannten, einem gewissen Leo Tilinski. Hier im Bericht steht noch mal alles drin.“ Der Kollege aus dem Labor unterbrach kurz und überlegte.

„Ach so, das hätte ich beinahe vergessen: Sie wollten doch noch die Schuhgröße des Opfers wissen. Der Tote hat nicht mehr als Schuhgröße zweiundvierzig.“

„Hab ichs doch gewusst!“ Gehring rieb sich die Nase.

„Wir haben in dem Wagen auch noch ein paar Haare gefunden, die nicht vom Verdächtigen stammen. Aber das muss ja nichts heißen.“

„Haare? Was für Haare waren das denn? Kann ich die einmal zu sehen bekommen?“

„Soll ich sie Ihnen ...“

„Nein, lassen Sie nur. Ich komme später rüber und schaue mir alles noch mal an. Vielen Dank.“

Der Mann von der Technik legte eine Mappe auf den Tisch und verabschiedete sich. An der Tür drehte er sich noch einmal zu Gehring um: „Das waren übrigens keine Kopfhaare. Feiner, eine andere Struktur. Vermutlich Körperhaare, vielleicht vom Unterarm. Und außerdem: Sehen Sie sich den Fingerabdruck vom Abzug der Tatwaffe einmal an. Der hat in der Mitte so eine eigenartige Unterbrechung. Als hätte etwas zwischen dem Finger und dem Abzug geklemmt. Der Abdruck wirkt an dieser Stelle wie verwischt. Vielleicht kommt Ihnen dazu eine Idee. Schönen Tag noch." Er hob kurz die Hand zum Gruß und trat auf den Gang hinaus.

Der Hauptkommissar war noch dabei zu überlegen, was der Kriminaltechniker gemeint haben könnte, da klingelte sein Telefon.

„Hauptkommissar Gehring, hallo? Ja? Herr Haffmann! Reden Sie doch ein bisschen lauter, ich verstehe Sie nicht so gut." Gehring verzog das Gesicht unwillig.

„Ich telefoniere hier von einer zweiten Leitung aus, Herr Hauptkommissar. In der Hauptleitung wartet der Herr van Claassen und will wissen, wo sein Wagen ist, er sagt, er müsse einige persönliche Sachen entnehmen. Den Mann suchen Sie doch. Was soll ich dem sagen?"

Gehring horchte auf. „Sagen Sie ihm, er könne sofort über seinen Wagen verfügen. Der Wagen steht doch auf dem Platz in der Uhlfelderstraße im Fechenheimer Industriegebiet, ja? Ich werde sofort jemanden hinschicken. Sorgen Sie bitte dafür, dass er gleich hinkommt. Erzählen Sie ihm etwas wegen der Öffnungszeiten oder so ... lassen Sie sich was einfallen, Haffmann!"

–

Kommissar Reichard trat mit aller Kraft auf die Bremse seines Passats. Er hatte sich schon über den roten Mini geärgert, der ihm aus der Uhlfelderstraße mit überhöhter Geschwindigkeit entgegengeschossen war. Dann war er nach rechts eingebogen, um zum Abstellplatz zu gelangen. Gerade noch rechtzeitig hatte er Martinshorn und Blaulicht registriert und den blau-silbernen Streifenwagen erblickt, der ihm auf seiner Spur entgegenkam. Er ließ die Bremse wieder los und steuerte auf die Gegenfahrbahn. Es war Millimeterarbeit. Der Streifenwagen rutschte eine Handbreit am Heck von Gehrings Dienstwagen vorbei, rumpelte den Bürgersteig hoch und kam fünf Zentimeter vor einem Zaun zum Stehen. Gehring hatte sein Fahrzeug auf dem gegenüberliegenden Bürgersteig abgestellt und war gerade im Begriff, die Tür zu öffnen.

„Haben Sie keine Augen und Ohren im Kopf, Sie Vollidiot, können ... oh, Herr Kommissar, entschuldigen Sie." Der Streifenbeamte Haffmann blieb stocksteif mitten auf der Straße stehen.

„Sagen Sie nicht, das war van Claassen, in diesem roten Mini, nein?"

Reichard sah, wie sich Haffmanns Kopf langsam rot färbte. Hinter ihm war Dietmar Hund ausgestiegen und stützte sich lässig an der offenen Wagentür ab.

„Oh nein, ihr habts versaut. Hab ich recht?"

„Was heißt denn versaut? Er hat halt zu früh gemerkt, dass wir auf ihn warten, und da hat er gedreht. Wenn Sie nicht um die Ecke gekommen wären, hätten wir ihn schon noch geschnappt," versetzte Haffmann trotzig.

„Oder einen Verkehrsunfall verursacht!", schrie Reichard seine Wut heraus. „Was habt ihr überhaupt mit dem Streifenwagen hier zu suchen? Ganz schön unauffällig, ihr Knalltüten, was?"

Voller Groll ging Reichard zu seinem Wagen zurück, drehte und hielt noch einmal neben dem kleinen Polizisten an, der immer noch in der Mitte der Straße stand. Er ließ die Scheibe herunter und schaute Haffmann beschwörend an.

„Ihr unternehmt jetzt bitte nichts mehr in dieser Sache! Macht irgendwas anderes. Guckt nach, ob jemand einen Kaugummiautomaten knacken will oder so was. Nur kommt mir heute nicht mehr in die Quere!“

Mittwochfrüh, 28. Mai

17

Gerri hielt direkt vor dem Polizeipräsidium, schaltete den Warnblinker an und lief auf den Eingang zu. Er schaute auf seine Uhr. Viertel nach sechs. Fast pünktlich. Als Gerri den Haupteingang erreicht hatte, kam ihm schon Gehring mit zwei Beamten entgegen. Karlo hatte wohl Eindruck hinterlassen mit seiner Ankündigung.

„Ich soll Ihnen einen Gruß von Herrn Kölner ausrichten. Er sagt, er meldet sich später bei Ihnen. Und hier", Gerri überreichte dem Hauptkommissar die prall gefüllte Plastiktasche, die Leo Tilinski und sein Fahrer in der Nacht aus dem Topcase von Gerris altem Motorrad genommen hatten, „Karlo sagt, das wäre der Rest, den Sie noch suchen würden."

Gerri wollte die nächtlichen Ereignisse auf die Schnelle umreißen, doch Gehring musste ihn enttäuschen.

„Jetzt wollen wir uns erst einmal der wertvollen Fracht hier widmen. Und Sie suchen sich bitte einen Parkplatz und kommen dann in mein Büro, damit wir alles zu Protokoll nehmen können. Ich würde gerne alles haarklein und absolut wahrheitsgemäß erfahren. Das kann ich Ihnen leider nicht ersparen."

Gerri seufzte resigniert, sperrte die Ladefläche auf und die Beamten konnten die beiden gut verpackten Gangster in Gewahrsam nehmen.

„Personalien, Erkennungsdienst und so weiter. Ich melde mich dann, wenn ich die beiden in meinem Büro sehen will“, ordnete der Hauptkommissar knapp an. „Bis gleich, Herr Kuhl,“ wandte er sich dann noch einmal an Gerri.

Eine Stunde später hatte Gerri Kuhl den Ablauf der Nacht bis ins kleinste Detail geschildert. Einzig die Tatsache, dass Karl Einser Polizist war, und überdies auch noch krankgeschrieben, hatte er ausgelassen. Und dass er privat seine Dienstwaffe dabei hatte. Das, so glaubte er, müsse erst einmal keiner wissen.

„Haben wir noch mal was von van Claassen gehört, Reichard?“ Mittlerweile war auch der Kommissar im Büro eingetroffen und saß an seinem Schreibtisch.

„Nein, Chef, nichts.“ Er dachte an Hund und Haffmann. „Man sollte die zwei zum Verkehr regeln abschieben“, ließ er seinen Gedanken freien Lauf.

„Um Gottes Willen, wollen Sie ein Dauer-Verkehrschaos in Frankfurt heraufbeschwören?“ Gehring spielte den Entsetzten.

„Da haben Sie auch wieder recht, Herr Gehring,“ feixte Harald Reichard noch, als Gehrings Telefon sich meldete.

Gehring hob ab und lauschte aufmerksam. Man konnte zusehen, wie sich sein Gesicht verfinsterte.

„Was treibt der Kölner da für Spielchen mit uns? Das ist doch nicht möglich. Was hat der vor? Na, danke auf jeden Fall, vielen Dank.“ Gehring legte auf und blickte seinen Kollegen entgeistert an.

„Was ist denn los, Chef?“ Reichards Neugier war nicht zu übersehen. Gehring kraulte sich an seinem gepflegten Bart und musterte den Kommissar.

„Reichard, was glauben Sie, was in der Plastiktasche war? Sie wissen schon, die Tasche, die Kölner heute Nacht den beiden Typen abgenommen hat."

Erwartungsvoll musterte Gehring den Mann hinter dem anderen Schreibtisch. Der setzte sein unschuldigstes Gesicht auf, ließ die Stille noch einen Augenblick wirken und entgegenete dann: „Puderzucker, Chef?"

Gehring stützte sich mit beiden Händen ab und blickte seinen Kollegen entgeistert an.

„Stimmt, aber woher wissen Sie das?"

Reichard grinste breit, lehnte sich in seinem Stuhl zurück und faltete die Hände im Nacken.

„Weibliche Intuition?"

Bevor Gehring laut loslachen konnte, tönte erneut das Signal seines Fernsprechers. Er meldete sich. Unmittelbar darauf hörte er Karlo Kölners überaus selbstzufrieden klingende Stimme.

„Und, Herr Hauptkommissar? Hat Ihnen meine Lieferung gefallen? War alles zur allgemeinen Zufriedenheit?"

Gehring war aufgesprungen.

„Kölner! Was soll das Ganze? Was haben Sie uns da untergeschoben? Sind wir Ihnen nicht süß genug? In der Tasche war nur reiner Zucker. Was treiben Sie da für Spielchen? Kommen Sie sofort hierher, sofort, sonst schreibe ich Sie zur Fahndung aus!"

Karlo stutzte irritiert. Er brauchte einen Moment, um die unerwartete Nachricht zu verdauen.

„Was sagen Sie? Zucker? Ich hatte mir das Zeug in der ganzen Hektik nicht angeschaut. Glauben Sie mir, das habe ich nicht gewusst!"

„Ich möchte Sie umgehend hier auf dem Präsidium haben, hören Sie, Kölner, umgehend!“ Der Hauptkommissar schäumte vor Wut. Nervös tippte er mit den Fingern der freien Hand auf dem Schreibtisch herum und rang nach Worten.

„Und keine Alleingänge mehr“, schnaubte er, „keine Alleingänge mehr in der Zwischenzeit. Hallo, Herr Kölner, hallo, hören Sie mich?“

Doch Karlo konnte ihn nicht mehr hören. Er hatte einfach aufgelegt.

–

Das war natürlich keine gute Nachricht, sinnierte Karlo. Er dachte angestrengt nach. Was hatte Kevin damit bezweckt, ein paar Pfund Puderzucker durch die Gegend zu schaukeln? Vielleicht hatte der Wahnsinnige versucht, seinen Auftraggeber zu hintergehen? Sollte Kevin das gewagt haben? Und wie hätte das in der Praxis ausgesehen? Und wo befand sich die zweite Hälfte des Kokains aus dem Koffer?

Karlo überlegte. Ins Präsidium würde er jetzt auf keinen Fall gehen. Erst musste er dem Hauptkommissar eine akzeptable Lösung präsentieren können.

Die Adresse von Kevins Wohnung in der Konstanzer Straße hatte er ja. Vielleicht fand sich dort die Antwort.

Kölner verließ die Hütte. Nachdenklich betrachtete er das lädierte Schloss der aufgebrochenen Tür. Das würde er heute auch noch reparieren müssen.

Verdammt viel Arbeit in der letzten Zeit!

Dann lehnte er die Tür in den Rahmen, holte sich sein Fahrrad und nahm Kurs auf Fechenheim.

Die Tür im vierten und letzten Stock des Hauses war keine besondere Herausforderung für Karlo. Einfach nur zugeworfen, er hatte nicht einmal das Schloss beschädigen müssen. Als die Tür schon nach dem ersten Versuch aufsprang, erschrak er, weil er dachte, es wäre vielleicht jemand in der Wohnung.

Er drückte die Tür hinter sich zu und begann sich umzusehen. Sah ganz und gar nicht nach Junggesellenbude aus. Nicht billig eingerichtet, vielleicht ein wenig zu grell und plüschig für Karlos Geschmack. Aber damit wollte er sich jetzt nicht befassen.

Im Wohnzimmer war nichts zu entdecken und er ging gerade zurück in den Flur, als er ein Geräusch hinter der Tür links vom Eingang hörte. Er schlich langsam dorthin und lauschte. Nichts mehr. Karlo öffnete vorsichtig die Tür und schaute in den Raum. Er sah einen großen Kleiderschrank, die Türen komplett verspiegelt. Ein schönes Teil, dachte Karlo. Bestimmt nicht billig. Was er allerdings im Spiegel wahrnahm, hätte er lieber nicht gesehen.

Auf einem großen Doppelbett lag zusammengekrümmt ein junger Mann mit blonden Haaren. Neben seiner rechten Hüfte hatte sich die hellrosa Tagesdecke blutig verfärbt.

Dieser Junge kam Karlo bekannt vor. Klar, fiel ihm ein, das musste Kevin sein. Er betrat das Zimmer.

„Was ist passiert?“

Kevin stöhnte auf, als er sich zu Karlo umdrehte.

„Der Mistkerl hat auf mich geschossen. Und dann ist er einfach abgehauen.“

„Wer hat auf dich geschossen? Du musst ins Krankenhaus. Sofort.“

Kevin stöhnte auf, als Karlo sein T-Shirt zurückschlug, um die Wunde zu begutachten. Das sah nicht gut aus.

„Ich bin kein Arzt, aber wenn das nicht bald behandelt wird, kriegst du ein Problem."

Dann dachte er an den Koffer.

„Und wo ist der restliche Stoff? Im Topcase auf der Maschine war ja nur ein schwacher Ersatz, oder?"

Plötzlich wurde Karlo einiges klar.

„Du hast versucht jemanden reinzulegen, hab ich recht? Dann hast du Ärger gekriegt, klar. Und was hatte Tom damit zu tun? Jetzt red schon ..."

„Keine Ahnung. Was für ein Stoff?", brachte Kevin mühsam hervor.

„Sag mal, willst du mich verarschen?" Karlo schaute sich missgestimmt um. Er ging zum Kleiderschrank und zog die erste Tür auf. Der Koffer am Boden des Schrankes war fast identisch mit dem Gepäckstück, das er aus dem Jaguar genommen hatte. Nur die Beschläge waren nicht goldfarbig wie bei dem Koffer aus dem Auto, sondern schimmerten silbern.

Und der Koffer hier war nicht abgeschlossen. Als Karlo seinen Deckel anhob, hörte er Kevin leise protestieren. Er sah die Päckchen mit dem weißen Pulver, nahm sich den kleinen Schraubenzieher aus seinem ledernen Werkzeugetui und bohrte eine kleine Öffnung. Dann befeuchtete er den Finger und stippte damit gegen das Loch, gerade dass ein wenig Pulver an seiner Fingerkuppe haften blieb.

Prüfend berührte er seine Fingerspitze mit der Zunge. Das hier, das war alles, nur kein Puderzucker!

Karlo klappte den Deckel herunter, rastete das Schloss ein und klemmte den Koffer unter den Arm. Jetzt hatte er endlich etwas für Gehring!

Er hob seinen Blick und sah aus dem Fenster. Ein roter Mini fuhr auf der gegenüberliegenden Straßenseite rückwärts in eine winzige Parklücke. Einen Moment schaute Karlo dem gekonnten Manöver zu. Der Fahrer stellte den Motor ab und blieb einen Moment still im Wagen sitzen. Als Karlo den Kopfverband des Mannes erblickte, wurde er stutzig. Dann drehte der Mann den Kopf. Dieses Gesicht kannte er doch! Wenn auch nur blutverschmiert. Karlo griff schnell nach seinem Handy. Das Display war dunkel. Er versuchte es einzuschalten. Ein hell pulsierendes Signal war die Folge: Der Akku war leer!

Mit aufgerissenen Augen sah er zu Kevin.

„Kevin. Da unten ist der Kerl aus dem Jaguar. Ich vermute stark, dass du keinen Bedarf hast, ihn hier zu treffen?"

Kevin versuchte sich aufzusetzen.

„Wir müssen hier weg. Aber schnell. Du musst mir helfen. Der macht mich sonst kalt ..."

„Dann nichts wie los!"

Karlo half Kevin auf die Beine. Der stützte sich mit seiner unverletzten Seite auf Karlos Schulter ab. Unter den freien Arm hatte Karlo den Koffer geklemmt.

Als sie aus dem Flur traten, sahen sie durch das Treppenhausfenster, wie der Mann aus dem roten Mini geradewegs auf die Eingangstür zuging.

So schnell es ging, schleppte Karlo den stöhnenden Kevin die Stiegen zum nächsten Treppenabsatz hinunter und setzte ihn auf einer Treppenstufe ab. Rechts und links befand sich je eine Eingangstür. Kölner klingelte links. Auf dem Türschild stand der Name Weimann. Es tat sich nichts. Er trat nervös von einem Fuß auf den anderen, die Zeit schien zu rasen.

„Na los, jetzt mach schon auf", flüsterte er nervös, als sich niemand rührte.

Unten vor der Tür hörte er das Klimpern eines Schlüsselbundes. Die Eingangstür wurde aufgeschlossen. Der Mann trat ein und nach kurzer Zeit fiel die Tür wieder ins Schloss. Karlo drehte sich um, huschte zur anderen Seite und legte einen Finger auf den Klingelknopf.

Der Mann hatte mittlerweile den ersten Stock erreicht. Karlo bemerkte eine Bewegung hinter dem Türspion. Dann wurde die Tür geöffnet. Ein kleiner, dürrer Mann schaute Karlo mürrisch an.

„Was gibts denn?" Er fixierte den Koffer in Karlos rechter Hand misstrauisch. „Ich brauche nichts!", bellte er Karlo entgegen. „Ich hab auch gar kein Geld. Was Sie auch verkaufen wollen, verkaufen Sie es woanders!" Dann wollte er die Tür wieder zudrücken.

Die Schritte des Mannes auf der Treppe kamen näher. Er hatte mittlerweile den zweiten Stock passiert und näherte sich dem ersten Absatz zum dritten Stock. Karlo reagierte, stellte den Fuß in den Türrahmen und zwängte sich in die Lücke. Er schaffte es, dem kleinen Mann einen Stoß zu versetzen. Der taumelte zurück in die Diele und fiel auf den Hintern. Karlo stellte den Koffer in die Diele, trat eilig zurück und half Kevin auf die Beine. Er schleppte ihn hinter die Eingangstür und ließ ihn vorsichtig auf den Boden gleiten. Dann schloss er die Tür hinter sich.

Geschafft, in letzter Sekunde. Ein lautstarker Protest des kleinen Mannes war die Folge.

„Herr Weimann, seien Sie leise, bitte, und rufen Sie die Polizei, machen Sie schnell!" Karlo war zur Tür gegangen, lugte durch den Spion und sah, wie der Mann mit dem

Kopfverband begann, die Stufen zum vierten Stock zu erklimmen.

Er hatte sich nicht getäuscht. Dieses Gesicht kannte er!

Verwundert starrte der Wohnungsbesitzer auf den Eindringling. Dann stürzte er zum Telefon und wählte.

„Hilfe, hilfe, hallo, ist dort das Revier? Ja, kommen Sie schnell, bei mir sind Einbrecher in der Wohnung. Wo? Ja, ich wohne in der ..." Karlo riss dem Kleinen den Hörer aus der Hand und gab ihm einen Schubser. „Hallo, mit wem spreche ich denn, ist da die ... Haffmann, Sie sind es, nicht wahr? Ach was, Einbrecher. So ein Quatsch. Hier ist Karlo Kölner. Kommen Sie schnell in die Konstanzer Straße."

Er nannte Haffmann die genaue Adresse.

„Der Mann aus dem Sportwagen ist hier. Den sucht ihr doch, oder nicht?"

„Kölner? Schon wieder du? Ich glaube es nicht. Du willst uns reinlegen, was?", tönte es Karlo oberschlau entgegen.

„Pest und Hölle, Haffmann, wenn ihr jetzt nicht kommt und das Ding hier versaut, sorgt Gehring dafür, dass ihr Verkehrsinseln putzen dürft. Jetzt macht schon. Aber bitte ohne das übliche Konzert ..."

Karlo legte auf. Der kleine Mann schaute ihn groß an.

„Sind Sie von der Polizei? Warum sagen Sie das nicht gleich?" Verunsichert musterte er Karlo.

„Sonderkommission, verdeckter Einsatz", entgegnete Karlo und kicherte innerlich vergnügt. „Ich muss diesen jungen Mann einen Moment bei Ihnen lassen. Er ist angeschossen worden. Wenn das hier vorbei ist, rufen wir einen Krankenwagen. Achten Sie auf ihn wie auf Ihren Augapfel. Und verlassen Sie die Wohnung auf keinen Fall. Es kann durchaus gefährlich werden. Erst wenn ich wieder klingele, machen Sie auf, aber schnell. Und …" Karlo schaute streng, „Finger weg von dem Koffer!"

Der Kleine war plötzlich völlig begeistert und nickte eifrig. Karlo huschte aus der Wohnung und sprang die Stiegen hinab.

Drei Minuten später hielt der Streifenwagen mit Haffmann am Steuer vor dem Haus.

„Da, Dietmar, der Kölner hatte doch recht. Da steht der rote Mini. Jetzt kriegen wir ihn doch noch."

Kölner kam den beiden entgegengelaufen.

„Schön, euch zu sehen", flachste er, „ich schlage vor, wir warten, bis er wieder rauskommt. Dann können wir ihn überraschen. Bleibt auf dieser Seite stehen, hier kann er euch von oben nicht sehen."

Es dauerte noch zehn Minuten, dann hörte man Schritte auf der Treppe. Als van Claassen aus der Tür trat, griffen die beiden Beamten zu. Van Claassen wirkte nicht im Geringsten überrascht und reagierte kaltblütig. Er machte eine schnelle Drehung nach rechts und stieß Dietmar Hund das linke Knie in den Unterleib. Hund kippte nach vorne und ließ los. Manfred Haffmann klammerte sich mit beiden Armen an den wesentlich größeren Mann und schaute verzweifelt zu Karlo Kölner.

„Karlo, Karlo, hilf uns doch mal, ich …" Karlo ging mit drei schnellen Schritten auf van Claassen zu. Niemand hätte behaupten können, dass Karlo an derartigen Situationen Freude gehabt hätte. Andererseits wiederum empfand er nur ein geringes Maß an Unbehagen, als seine Faust auf die linke Kinnseite van Claassens krachte. Dem solchermaßen Attackierten sackten augenblicklich die Beine weg, er kippte nach hinten und begrub den immer noch wie eine Klette an ihm hängenden Haffmann unter sich.

„Bitte schön, bedient euch!"

Karlo drehte sich nach Dietmar Hund um. Der Polizist kauerte mit schmerzverzerrtem Gesicht am Boden und hielt sich den Bauch.

„Ihr solltet ihn gut anketten und dann schnellstens aufs Präsidium bringen."

Karlo rieb sich die rechte Faust und schaute den Polizisten zu, wie sie van Claassen schwerfällig in den Streifenwagen bugsierten.

„Sagt dem Hauptkommissar bitte, dass ich noch eine Überraschung für ihn habe. Ich melde mich heute noch auf dem Präsidium bei ihm, ja?"

Haffmann schaute Karlo verkniffen an. „Danke, Kölner, du hast einen gut bei mir."

Warnend setzte er hinzu: „Aber lass dich nicht bei krummen Dingern erwischen."

Karlo lachte. „Leute, ihr wisst doch, ich bin sauber. Ich hab sogar nen guten Job mittlerweile."

Seine Mine verfinsterte sich. Er dachte an Reinfeld, der seinen Transporter immer noch nicht hatte, und daran, dass er vergessen hatte, sich noch einmal bei ihm zu melden.

„Denke ich wenigstens", murmelte er dann leise vor sich hin. Einen Moment kam Karlo ins Grübeln, dann hielt er die Streifenbeamten auf.

„Wartet. Wartet noch einen Moment. Ich fahre gleich mit euch. Ich muss nur noch etwas holen ..."

Karlo wandte sich wieder dem Hauseingang zu. Hund und Haffmann saßen derweil im Wagen und beaufsichtigten ihren Gefangenen. Er hatte den Finger noch nicht auf dem Klingelknopf, als der kleine Mann ihm schon die Tür aufdrückte. Der hatte augenscheinlich die Ereignisse vom Fenster aus beobachtet und hielt Karlo die Tür weit auf.

„Menschenskinder“, platzte er heraus, „da sag mal einer, in Fechenheim wäre nichts los. Das war ja wie im Kriminalfilm. Toll, wie Sie den Kerl erledigt haben!“

Nun zweifelte er nicht mehr im Geringsten an Karlos verdecktem Sondereinsatz.

Karlo verbiss sich das Lachen, bereitete sich aber noch einen kleinen Spaß, indem er dem Wohningsinhaber eine vorbildliche Mitarbeit bescheinigte und sich im Namen der gesamten Frankfurter Polizei ausdrücklich bedankte. Er trug ihm auf, nun schleunigst einen Krankenwagen zu rufen und Kevin vorher nicht aus der Wohnung zu lassen.

Dann schnappte er den Koffer und verließ die Wohnung, ehe der Kleine noch auf die Idee kam, solchermaßen gelobt nach einer Belohnung zu fragen.

18

Einmal mehr unterbrach das Telefon Gehrings Überlegungen. Er hob schnell ab. Als er hörte, was der Mann vom Empfang zu vermelden hatte, runzelte er die Stirn. „Endlich“, knurrte er schließlich grimmig. „Das wurde auch Zeit! Schicken Sie ihn hoch!“

Fünf Minuten später betrat ein sichtlich gut gelaunter Karlo Kölner das Büro von Hauptkommissar Gehring. Er hatte erst höflich angeklopft und gewartet, bis er hereingebeten wurde. Noch in der offenen Tür machte er einen übertriebenen Diener, darauf stolzierte er theatralisch in den Raum und stellte den rotbraunen Koffer mit einer großspurigen Geste auf die Schreibtischplatte, direkt vor Georg Gehrings Nase, nicht ohne Kommissar Reichard generös zugewinkt zu haben.

„Bitte schön, die Herren! Hier kommt die lange erwartete Lieferung. Und schnupfen Sie nicht alles auf einmal weg, das ist nämlich starker Tobak. Das ist diesmal garantiert nichts für den Geburtstagskuchen.“

Karlo trat näher und ließ sich auf einen der Besucherstühle fallen. Gehring wartete ab und betrachtete ihn neugierig. Er wurde nicht enttäuscht. Kölner startete unaufgefordert mit seinem Bericht. Nach einer Viertelstunde beendete er seinen Redefluss.

„So, nun wissen Sie alles“, fügte er noch an. „Und jetzt muss ich schnell weiter. Ich habe noch was ganz Dringendes zu erledigen.“

Karlo bemerkte Gehrings neugierigen Blick und schien leicht verlegen, als er hinzufügte: „Das ist so eine Sache, na ja, die ist eher privater Natur, wissen Sie?“

Der Hauptkommissar hob beide Arme und schüttelte heftig den Kopf.

„Kölner, Kölner, mein lieber Mann. Sagen Sie mir, was soll ich jetzt in meinen Bericht schreiben? Ich kann Ihnen das alles doch nicht einfach so durchgehen lassen.“

„Was habe ich denn eigentlich gemacht?“, konterte Karlo trotzig. „Wenn ich den Koffer aus dem Jaguar nicht an mich genommen hätte, wäre das echte Koks erst gar nicht bei euch gelandet. Die Gauner hätten sich eine goldene Nase verdient und die Polizei wäre völlig ahnungslos gewesen.“

Er schaute Gehring treuherzig an.

„Außerdem, wie ich schon angedeutet habe: ich muss noch eine Kleinigkeit zurechtbiegen. Und deshalb müsste ich jetzt wirklich weg. Sofort, sonst ...“ Gehring unterbrach ihn schroff.

„Herr Kölner, aber wirklich, da ist doch was oberfaul. Ich gebe zu, wir haben zufällig von Ihren unbedachten Aktionen profitiert. Das war aber wie gesagt der reine Zufall und hätte für die Beteiligten auch schwer ins Auge gehen können. Erwarten Sie also nicht, dass ich Sie belobige. Da ist doch noch was am Kochen. Also, was steht so Wichtiges an, das Sie geradebiegen müssen?“

Karlo atmete tief durch und fing schweren Herzens an zu beichten. Die Geschichte mit dem verliehenen Motorrad, wie der Unfall entstanden war. Eine Tatsache, die er allerdings erst später erfahren hätte. Wie er, Karlo, geglaubt hatte, Gerri wäre in der besagten Nacht mit dem Motorrad gefahren. Und wie er die Maschine verschwinden ließ, um den Sohn seines Freundes Kuhl nicht in Verdacht geraten zu lassen. Wie er dann Kuhls Oldtimer mitgehen ließ, um den Fokus der Ermittler nicht allein auf Gerris altes Zweirad zu lenken. Und er erläuterte auch den Plan, wie er gedachte, alles wieder in Ordnung zu bringen, und zwar ohne dass Wolfhard Kuhl ihm die Freundschaft kündigen würde. Und, so fügte Karlo Kölner dann noch überflüssigerweise hinzu, er habe es doch nur gut gemeint ...

Gehring konnte es nicht fassen. Wie viele Jahrzehnte war er jetzt schon bei der Polizei? Er war gewiss nicht überheblich, nein, ganz und gar nicht, aber er bescheinigte sich selbst doch eine gewisse Erfahrung im Umgang mit Menschen. Mit Menschen aller Art. Ob jetzt kriminell oder auch nicht. Wie aber ging man mit einem Typen wie Karlo Kölner um? Zum ersten Mal seit langer Zeit fühlte er eine tiefe Ratlosigkeit. Ihm kamen Begriffe wie Strafvereitelung, Verdunkelung einer Straftat, Einbruchdiebstahl und Ähnliches in den Sinn.

Der Hauptkommissar saß einen Moment zögerlich hinter seinem Schreibtisch. Strich sich mit fahrigen Bewegungen mehrmals über seinen Bart, bevor er sich mit einem Ruck kerzengerade aufsetzte und Karlo fest anschaute.

„Hauen Sie ab, Kölner, los, raus hier! Bleiben Sie aber bitte erreichbar für mich."

Ein bisschen weniger nachdrücklich und nicht ganz ohne seine enorme Wissbegier verstecken zu können, fügte er hinzu: „Und bitte, ich möchte erfahren, wie Herr Kuhl reagiert hat ..."

Karlo wollte keinen Sinneswandel des Hauptkommissars provozieren und hatte die Tür blitzschnell hinter sich geschlossen. Reichard glotzte entgeistert zu seinem Chef und konnte nicht glauben, was er eben erlebt hatte.

„Aber Herr Gehring, das ist jetzt ..."

„Schon gut, Kollege, schon gut. Sie haben ja recht. Lassen Sie bitte den Herrn van Claassen reinbringen. Wenn mit Kölner was schiefgeht, nehme ich das auf meine Kappe."

Das Telefon auf Gehrings Schreibtisch klingelte. Gehring hob ab und hörte aufmerksam zu.

„Mit einer Schusswunde?", fragte er dann erstaunt. „Und wo sagen Sie, hat die Ambulanz den jungen Mann abgeholt? Was? Ja, gut, vielen Dank. Wir kommen vorbei, wenn er vernehmungsfähig ist."

Gehring schaute seinen Kollegen resigniert an.

„Dieser Kölner hat uns scheinbar wieder einmal nur die Hälfte der Geschichte erzählt. Ja, Reichard, ja, Sie hatten schon recht ..."

–

„Es geht hier um Mord, mein Herr." Gehring hatte ein besorgtes Gesicht aufgesetzt. „Das sollte Ihnen klar sein, bevor Sie uns irgendwelche Schauermärchen auftischen. Sie stecken da mittendrin. Doch klären wir erst einmal Punkt eins. Was hat es mit dem Koffer auf sich, den man in Ihrem Wagen gefunden hat?"

Mürrisch und unwillig kam van Claassens Antwort.

„Mord? Was soll das denn heißen? Keine Ahnung, von was Sie da reden. Und von einem Koffer weiß ich erst recht nichts."

Er lehnte sich auf dem Besucherstuhl zurück und schlug die Beine übereinander.

„Und was soll da überhaupt drin sein, in diesem Koffer?" Der leichte Anflug von Spott war nicht zu überhören.

Gehring ließ sich nicht beeindrucken.

„Nun, wenn es Ihnen um Inhalte geht, hätten wir noch mehr zu bieten. Da gibt es nämlich noch einen zweiten Koffer. Den haben unsere ... äh ...", er machte eine verlegene Pause, „unsere Leute in einer Wohnung in der Konstanzer Straße gefunden. Zu dieser Wohnung besitzen Sie einen Schlüssel. Und was in diesem Koffer drin war, das wissen Sie zweifellos am besten."

„Ich bin nicht der Einzige, der zu dieser Wohnung einen Schlüssel hat." Die Entgegnung kam ein wenig zu unüberlegt, und van Claassen biss sich ärgerlich auf die Lippen.

Georg Gehring ignorierte die Antwort aus taktischen Gründen, schlug die Mappe auf, die vor ihm auf dem Tisch lag, und entnahm ihr ein Foto von Tom Krause, das am Fundort der Leiche gemacht worden war.

„Kennen Sie diesen Mann hier?"

Er beobachtete van Claassen aufmerksam. Der griff nach dem Foto und zuckte kurz zusammen. War das nicht der kleine Kerl, der Kevin vors Motorrad gelaufen war?

„Was ist mit dem? Ist er ..." Van Claassen wirkte einen kurzen Augenblick lang angezählt. Er fing sich aber schnell wieder.

„Nein, den kenne ich nicht. Nie gesehen."

„Der junge Mann ist tot. Ermordet! Und ich denke, Sie könnten uns helfen. Was hatten Sie mit ihm zu tun?" Reichard war aufgestanden und hatte sich neben van Claassen aufgebaut.

„Ich sage Ihnen doch, nichts habe ich mit dem zu tun, gar nichts. Ich weiß nicht, wer das ist."

„Wie kommt es dann, dass wir einen Straßenbahnfahrschein mit Ihrer Telefonnummer auf der Rückseite bei dem Toten gefunden haben?"

„Hören Sie, ich habe Kopfschmerzen." Van Claassen reagierte abweisend. „Ich sage jetzt gar nichts mehr. Ich lasse mir von euch doch keinen Mord anhängen. Und ich will sofort mit einem Anwalt sprechen!"

Gehring war kurz mit Kommissar Reichard vor die Tür getreten und sprach leise mit ihm.

„Lassen Sie jetzt Leo Tilinski herbringen. Alleine. Ich hätte gerne, dass er van Claassen begegnet, wenn wir ihn abführen lassen."

„Alles klar, Chef." Reichard lief los.

Zehn Minuten später saß Leo Tilinski zwischen den beiden Schreibtischen der Kriminalbeamten. Er schaute Holger van Claassen unsicher an, als dieser aus dem Raum geführt wurde. Van Claassen jedoch verzog keine Miene, als ihn Leos Blick traf. Gehring lehnte wieder entspannt in seinem Bürosessel, und stellte scheinheilig seine erste Frage. Eine Begrüßung hatte er sich erspart.

„Wer von Ihnen hat den weißen Peugeot am Ruderclub abgestellt, Sie oder Ihr Freund Vincent Gatzlaff?"

Tilinski riss die Augen auf.

„Was ist denn das für ein Schwachsinn", ereiferte sich Leo ungestüm, „niemand von uns hat die Schrottkiste gefahren. Weder Vince noch ich. Und überhaupt, was denn für ein Peugeot?"

„Wie kommen Sie denn auf Schrottkiste? Sie kennen den Wagen also?“

„Na gut, ich gebe zu, wir haben uns aus dem Staub gemacht, nachdem diese kleine Ratte herumgeballert hatte. Der hat dann den Dries angeschossen, in seiner Hektik und wir hatten keine Lust, dass er uns auch noch erledigt, so nervös wie der da rumgesprungen ist.“

Gehring schaute Tilinski aufmerksam ins Gesicht.

„Wie oft hat diese, wie Sie sagen – kleine Ratte – denn gefeuert?“

„Was weiß ich. Der hat wie wild um sich geballert. Und dann haben wir uns aus dem Staub gemacht.“

„Und haben dem jungen Mann Ihre Waffe überlassen? Einfach so?“

„Das ist nicht meine Waffe. Die Knarre gehört Vince. Ich habe so was noch nie mit mir rumgetragen!“

„So weit die Theorie.“

Er ließ den Mann mit der Glatze nicht aus den Augen. „Aber erstens haben nur drei Kugeln in der Pistole gefehlt. Und zweitens: Tom Krause starb an einem Schuss in den Kopf aus nächster Nähe.“

Leo Tilinski hatte mit verschlossener Miene zugehört. Reichard nahm seinem Chef die Mappe der Kriminaltechnik aus der Hand und blätterte einen Moment aufmerksam darin. Dann setzte er sich seitlich auf Gehrings Schreibtisch, was diesem normalerweise zutiefst zuwider war. Diesmal ließ er ihn jedoch gewähren.

„Außerdem werden wir nachweisen können, dass einer von Ihnen den Peugeot gefahren hat.“

„Und wie wollen Sie uns das unterschieben?“ Tilinski rutschte nervös auf seinem Stuhl herum.

„Nun, wir brauchen nichts unterzuschieben. Wir haben das Fahrzeug lediglich sorgfältig untersucht. Und dabei haben wir ein paar Haare gefunden, die nicht von Herrn Krause stammen. Wir müssen nur noch einen Abgleich mit Ihnen vornehmen, dann wissen wir zumindest schon einmal, dass Sie das Auto bewegt haben."

Leo Tilinski lachte spöttisch auf.

„Haare? Wollen Sie mich veräppeln?" Er strich sich mit hämischem Grinsen über seine Glatze.

Kommissar Reichard grinste genauso hämisch zurück und schaute auf Leos Unterarme.

„Wer hat denn was von Kopfhaaren gesagt?"

Leo war blitzartig die Kinnlade heruntergeklappt. Dann fasste er sich wieder.

„Ich hab diesen Dries auf den Beifahrersitz gehievt. Dieser kleine Kerl wollte das doch so. Er hat uns mit Vincents Waffe bedroht, da habe ich eben getan, was er verlangt hat. Vielleicht hab ich dabei ein paar Haare hinterlassen, keine Ahnung."

Gehring schaltete sich wieder ein.

„Der Tote hatte nur einen Schuh an. Erinnern Sie sich? Nein? Wir haben den zweiten Schuh aber gefunden. Und zwar in der Nähe der Stelle, an der die Leiche ins Wasser geworfen wurde. Irgendjemand hat ihn wohl angefasst und versucht, in den Main zu werfen. Das hat aber nicht ganz geklappt, der Schuh blieb im Gestrüpp vor dem Wasser hängen. Und derjenige, der das gemacht hat, hat in der Hektik seine Fingerabdrücke auf dem Schuh hinterlassen. Und soll ich Ihnen etwas sagen? Das sind Ihre Fingerabdrücke!"

Leo war aufgesprungen.

„Hören Sie! Mit Mord habe ich nichts zu tun. Ich hab den Kerl nicht erschossen. Das Ding bade ich für niemanden aus. Der Kerl wurde doch mit Vinces Waffe erschossen, sagen Sie. Ich hatte das Ding aber nie in der Hand."

Leo machte eine atemlose Pause.

„Wenn ich Ihnen alles erzähle, was ich weiß, was springt dann für mich raus?"

„Dazu müssten wir erst einmal wissen, was Sie uns anzubieten haben. Wir können Ihnen nichts versprechen. Schaden wird Ihnen eine Aussage aber auf keinen Fall. Lassen Sie mal hören. Am besten, Sie fangen mit van Claassen und seiner Verbindung zu Kevin Dries an. Nun?"

„Also gut." Leo atmete tief durch. „Wissen Sie, der Auslöser war eigentlich der: Vince hatte Dries Geld geliehen, unter Kumpels, wie er meinte. Moderate Zinsen, ganz ehrlich. Immer wieder mal ein bisschen. Dries musste eben immer den dicken Maxe machen. Und ich glaube, allzu viel hat er ja nicht bekommen für seine Kurierfahrten."

Reichard unterbrach ihn kurz.

„Für van Claassen?"

„Ja doch. Der wollte immer schön unsichtbar im Hintergrund bleiben, wenn die neuen Lieferungen kamen. Von dem habe ich das Zeug dann in kleinen Mengen gekriegt."

„Das Kokain also, ja? Und dann?"

„Na, es waren eben irgendwann eine ganze Menge Schulden, die Dries bei Vince gemacht hatte. Und die Kohle wollte er zurückhaben. Kann man doch verstehen, oder? Kevin hat immer alles verpulvert und nie was zurückgezahlt. Und da ist Vince rabiat geworden und hat dem Dries klargemacht, dass er seine Kohle endlich wiederhaben will."

„Und dann kam Dries zu Ihnen und hat Ihnen ein Angebot gemacht."

„Ja, verdammt! Wir haben einen Treffpunkt ausgemacht und er wollte uns eine Probe zeigen. Wenn die okay gewesen wäre, hätte er uns die Hälfte der letzten Lieferung überlassen. Er meinte, es würde ihm schon was einfallen für van Classen. Aber er hat wohl Mist gebaut, und auf einmal war van Claasen auch da an unserem Treffpunkt. Vielleicht hatte Dries kalte Füße gekriegt und wollte uns hinhängen. Auf jeden Fall hat er dann durchgedreht, weil auf einmal ein Streifenwagen vorbeifuhr. Dabei wollten die gar nichts von uns. Er hat noch was gerufen, irgendwas von van Claassen und dem Koffer, ich habe das nicht gleich kapiert. Und dann ist der Unfall passiert, nur weil dieser Blödmann plötzlich auf die Straße gesprungen kam."

Er kam ins Stocken, und Reichard half nach.

„Das haben Sie als Chance gesehen, an den Koffer zu kommen, den Sie im Jaguar vermuteten."

„Wir haben uns Dries geschnappt, weil wir nicht durchgeblickt haben. Der stand ganz geschockt neben seinem Motorrad. Ich hatte aber inzwischen nachgedacht und recht behalten. Der Koffer war im Wagen. Nur dieser Typ da im Garten hat uns einen Strich durch die Rechnung gemacht."

„Sie hätten ohnehin nur die halbe Freude an diesem Koffer gehabt, Tilinski, wissen Sie das?"

„So ähnlich hat der Typ das später auch erzählt. Wir haben ihm einen Besuch abgestattet und Vince hat ihm sozusagen ein wenig Nachhilfe gegeben. Da ist er mit der Sprache rausgerückt. Eben wo das richtige Koks wäre. Und wir Idioten waren in Oberrad schon ganz nah dran. Wir hätten nur an das Motorrad gehen müssen und ..."

„Sie hätten sich gewundert. Die Tasche im Topcase war auch nur getürkt. Wahrscheinlich sogar extra für Sie. Aber es ist ja gut so. Dadurch sind Sie jetzt hier", ließ Reichard fröhlich verlauten.

Leo hatte den Kopf in die Hände gestützt und starrte kreuzunglücklich vor sich hin. Dann fuhr er fort.

„Und der Rest ist wirklich so, wie ich Ihnen sage. Dieser kleine Kerl hatte die Waffe und ich musste Dries auf den Beifahrersitz des Peugeot hieven."

Leo schlug sich mit der Hand an die Stirn.

„Mensch ja, das ist doch die Erklärung. Dabei hat Dries dann einen Schuh verloren. Und der Kleine sagte, ich solle ihn nehmen und in den Wagen werfen. Das hab ich dann getan. Ich war nicht scharf drauf, mir eine Kugel zu fangen. Deshalb sind da meine Fingerspuren drauf!"

„Das war aber der Schuh von Kevin Dries und nicht der von Krause. Das hilft Ihnen auch nicht weiter", korrigierte Georg Gehring den Mann mit der Glatze und erntete einen verzweifelten Blick. Dann kam ihm wieder diese unbestimmte Vermutung in den Sinn.

„Wie sahen die Schuhe von Dries denn aus? Können Sie sich wenigstens an die Farbe erinnern?"

„Die waren weiß, glaube ich. Und wenn ich mich richtig erinnere, waren rote Streifen an der Seite. Die Marke kann ich Ihnen aber nicht sagen."

Gehring schaute Reichard vielsagend an.

Nachdem Leo seine Aussage beendet hatte, winkte Gehring dem Beamten, der Leo hereingeführt hatte.

„Abführen! Bringen Sie ihn weg! Um seinen Kollegen Vincent Gatzlaff kümmern wir uns später."

Reichard grinste verlegen. „Na ja, ein wenig haben Sie ja recht, Chef. Es wäre für uns vielleicht viel kniffliger geworden. Wenn wir die Zusammenhänge bei dem Unfall überhaupt bemerkt hätten ... wenn da nicht ...“ Reichard zögerte.

„Ja Reichard, was wollten Sie noch sagen? Raus damit!“

Reichard zögerte wieder einen Moment. Georg Gehring hakte noch einmal nach. „Was denn, Reichard, wenn *was* nicht ...?“

Reichard gab seinem Herzen einen Stoß.

„Ja, wenn da nicht Karlo Kölner gewesen wäre ...“

Der Hauptkommissar betätigte inzwischen erleichtert seine teure italienische Kaffeemühle. Einen guten Kaffee hätte er sich jetzt verdient, so glaubte er. Nachdem die letzte Bohne zerdrückt war, sprach er seinen Kollegen mit gerunzelter Stirn an.

„Was Kölner und seine Freunde da angezettelt haben, hätte allerdings auch ziemlich böse enden können. Ich glaube, wenn dieser Kölner mir noch einmal dienstlich über die Füße läuft, beantrage ich eine sofortige Versetzung in den Bayerischen Wald.“

Reichard schaute nachdenklich aus dem Fenster. Eine Zeit lang war es still im Büro der beiden Beamten.

„Was ist da bloß passiert? Wer hat Tom Krause erschossen. Und warum?“ Reichard kratzte sich am Kopf.

„Wir werden mit diesem Kevin Dries reden müssen. Der kann uns bestimmt einiges erklären. Vielleicht kann der ja bestätigen, was Leo uns erzählt hat. Und ein Selbstmord ist immerhin auch noch nicht ganz auszuschließen.“

19

„Wir können jetzt mit ihm sprechen? Das ist gut! Wir kommen gleich vorbei, danke."

Kommissar Reichard stand auf.

„Kommen Sie mit, Chef? Das war das Katharinen-Krankenhaus. Wir können Kevin Dries jetzt befragen."

Die Kommissare hatte Glück und fanden sofort einen Parkplatz in der Nähe des Haupteingangs.

Einige Minuten später standen sie vor dem Bett, in dem Kevin Dries lag. Gehring hatte Kevin mit der Zeugenaussage von Leo Tilinski konfrontiert.

„Es wäre gut für Sie, wenn Sie die Karten jetzt auf den Tisch legen würden. Was ist in dieser Nacht alles passiert?"

„Was wollen Sie denn noch wissen? Sie kennen doch die ganze Geschichte schon."

„Wir wollen es eben von Ihnen noch einmal hören. Und dann hätten wir gerne gewusst, was passierte, nachdem Sie und Tom Krause nach der Auseinandersetzung mit Tilinski und Gatzlaff weggefahren sind. Sie waren verletzt, und Krause war immer noch im Besitz der Waffe. Richtig?"

„Ja. Aber es gibt nichts zu erzählen. Tom hat mich nach Hause gefahren. Er wollte unbedingt, dass ich zu einem Arzt gehe oder ins Krankenhaus. Das wollte ich aber auf keinen Fall. Er hat mich dann vor dem Haus abgesetzt und ist weitergefahren. Das ist alles."

Kevin schloss die Augen.

„Und haben Sie Krause in der Zwischenzeit noch einmal gesehen?"

„Nein", kam es trotzig zurück. „Wie denn auch, ich war doch die ganze Zeit zuhause."

„Und wer könnte Krause dann umgebracht haben?"

Dries zeigte keine Reaktion.

„Das weiß ich doch nicht. Vielleicht hat Tilinski ihm aufgelauert und ihn beseitigt, um zu verhindern, dass er von dem Koks erzählt?"

Als Gehrings Mobiltelefon klingelte, kniff Kevin Dries die Augen zusammen. „Wissen Sie nicht, dass im Krankenhaus absolutes Handyverbot ist?"

„Die machen für mich bestimmt eine Ausnahme. Ich darf das", versetzte Gehring mit einem dünnen Lächeln und nahm ab.

„Das ist ja höchst interessant. Natürlich, das hilft uns weiter, danke."

Gehring fixierte Kevin Dries eindringlich.

„Sie sind wirklich sicher, dass Tom Krause die ganze Zeit die Pistole bei sich gehabt hat?"

„Ja, das sag ich doch, warum? Was soll das bedeuten?"

„Das bedeutet, dass Krause doch in Ihrer Wohnung gewesen sein muss. Ich habe eben eine interessante Nachricht erhalten: Wir haben in der Wand im Flur Ihrer Wohnung eine Kugel gefunden, die aus der Tatwaffe stammt. Und sagen Sie mir bitte: Es erstaunt Sie kein bisschen, dass Krause tot ist? Wie hätten Sie das wissen sollen, wo Sie die ganze Zeit in Ihrer Wohnung waren?

Kevin hatte sich mit schmerzverzerrtem Gesicht aufgesetzt und sah die Kommissare nun mit aufgerissenen Augen an.

„Sehen Sie, Herr Dries, so schnell kanns gehen. Wollen Sie uns nicht erzählen, was passiert ist? Wir kriegen das doch sowieso raus, glauben Sie uns."

Kevin presste sich eine Faust auf den zugekniffenen Mund. Gehring wartete einen Moment.

„Ich hatte Tom doch alles erzählt. Er wusste von dem Koks und dass ich davon was abgezweigt hatte. Wir sind dann zusammen zu mir gegangen und haben beraten, was nun geschehen soll. Tom fing dann damit an, wir sollten unbedingt zur Polizei gehen. Aber glauben Sie mir, dann wäre ich ein toter Mann gewesen. Denken Sie, van Claassen und seine Gorillas hätten sich das gefallen lassen? Außerdem wollte ich nicht in den Knast."

Er machte eine kurze Pause und ließ sich auf das Kopfkissen zurücksinken.

„Okay, ich habe Mist gebaut. Aber ich habe keine Lust gehabt, deswegen draufzugehen. Tom sprach aber nur noch davon, alles regeln zu wollen. Er wollte dann weg, zur Polizei, ich habe versucht ihn aufzuhalten und mich vor die Eingangstür gestellt. Plötzlich war da die Pistole wieder in seiner Hand. Als ich danach gegriffen habe, hat sich der Schuss gelöst und Tom in den Kopf getroffen. Das war ein Unfall."

Gehring schaute bedauernd.

„Eigentlich eine schöne Geschichte. Leider eben nur eine Geschichte. In der Waffe fehlen nämlich drei Kugeln. Und zwar eine, die auf Sie abgefeuert wurde. Die andere in der Wand im Flur. Und die dritte im Kopf von Tom Krause."

Reichard war etwas näher ans Bett getreten.

„Zu Ihrer Info: Wir können auch noch nach Tagen feststellen, ob sich Schmauchspuren an Ihren Händen oder

Armen befinden. Ganz abgesehen von der Kleidung, die Sie getragen haben. Ich denke, Sie wissen, was das bedeutet. Also?“

Reichard fiel in diesem Moment eine Bemerkung des Kriminaltechnikers bezüglich dieser merkwürdigen Verwischung des Abdrucks auf dem Abzugshebel ein und ihm kam eine neue Idee.

„Bis an die Stelle, an der sich der Schuss gelöst hat, glaube ich Ihnen die Geschichte sogar. Nur dass dieser Schuss Krause nicht getroffen hat, sondern einfach in die Wand ging. Tom Krause war erschrocken, als der Schuss fiel und Sie konnten ihm dann die Waffe aus der Hand schlagen. Und jetzt kam Ihnen einiges zugute.“

Reichard nahm auf dem Bettrand Platz.

„Sie haben mitgekriegt, dass Leo Tilinski Ihren Schuh angepackt und ins Auto geworfen hatte. Deshalb waren nun seine Fingerabdrücke drauf, wie Sie ganz richtig vermuteten. Auf der Waffe waren die Abdrücke von Tilinskis Freund Gatzlaff. Und die von Krause auf dem Abzug. Wie praktisch für Sie. Sie haben Krause dann mit der Pistole im Anschlag wieder ins Auto dirigiert. Sind mit ihm an den Main gefahren, haben irgendeinen Gegenstand zwischen ihren Zeigefinger und den Abzug geklemmt, um Krauses Abdruck nicht zu zerstören und haben ihn in den Kopf geschossen. Sie zogen ihm den rechten Schuh von sich an. Dann packten Sie ihn, brachten ihn zum Steg und warfen ihn ins Wasser. Die Waffe und den anderen Schuh, auf dem sich Tilinskis Fingerabdruck befinden musste, deponierten Sie in der Nähe des Stegs und dachten, wenn die Leiche wieder angetrieben würde, hätte die Polizei genug zu denken. Aber nichts würde auf Sie als Täter hinweisen. Schlau, aber nicht schlau genug. Tom Krause hat nämlich wesentlich kleinere Füße als Sie. Der hätte mit diesen Schuhen gar nicht richtig laufen können. Deshalb denken wir schon länger, dass hier etwas nicht stimmt. Übrigens hat Tilinski die Schuhe, die Sie am Abend der Auseinandersetzung trugen, genau beschrieben."

Reichard machte nur eine kurze Pause, dann sah er Kevin mit zusammengekniffenen Augen an und formulierte eine letzte Frage.

„Ach, was mich noch interessieren würde: Wie haben Sie eigentlich vermieden, dass Ihre Fingerabdrücke auf der Pistole waren? Haben Sie Handschuhe getragen oder wie haben Sie das gemacht?

„Ich habe dazu nichts mehr zu sagen. Lassen Sie mich doch einfach in Ruhe. Mir geht es nicht besonders gut und ich habe Schmerzen."

„Sie brauchen im Augenblick auch nichts mehr zu sagen. Wir haben genug in der Hand für eine Mordanklage, meinen Sie nicht auch?"

Gehring stand auf, ging zur Tür und winkte Harald Reichard zu, mitzukommen. Er wirkte erregt und Reichard schaute ihn besorgt an.

„Bis der junge Mann verlegt werden kann, brauchen wir eine Wache vor der Tür. Rund um die Uhr. Bitte veranlassen Sie das so schnell wie möglich. In der Zwischenzeit bleiben Sie bitte hier und übernehmen das. Mir ist jetzt einfach nur noch schlecht. Da schlachten sich diese dummen Jungs gegenseitig ab. Die Mistkerle im Hintergrund machen sich die Taschen voll, und wir dürfen den ganzen Dreck zusammenkehren. Ich mach Feierabend, ich brauch was zu trinken, ausnahmsweise!"

Mit schnellen Schritten lief Gehring den Gang hinunter. Am Ausgang drehte er sich noch einmal kurz zu seinem Kollegen um.

„Danke Reichard, Sie haben was gut bei mir.“

–

Harry Weber schaute den Mann an der Theke ziemlich erstaunt an.

„Sagen Sie, sind Sie nicht der Kommissar, der damals unseren Karlo ...“

Georg Gehring unterbrach den neugierigen Wirt mit einer müden Handbewegung.

„Hauptkommissar“, beschied er dem beleibten Wirt knapp. „Aber ich habe jetzt Feierabend.“

„Na dann, was darf ich Ihnen anbieten Herr Komm ... äh, Herr Hauptkommissar?“

Gehring zögerte kurz. Dann entschloss er sich für eine kompetente Beratung durch den Fachmann.

„Ich möchte den Tag heute einfach vergessen. Schnell vergessen. Einfach nur noch entspannen.“

Weber brummte verständnisvoll und überlegte einen Moment. Dann huschte ein Leuchten über sein Gesicht und er grinste den Hauptkommissar breit an.

„Zu diesem Zweck gibt es bei uns eine Spezialität. Ich nenne sie Voodoo ...“

Donnerstag, 29. Mai

20

„Also, was meint Ihr? Sollen wir schon heute früh fahren? Da haben wir den ganzen Tag vor uns und können uns in aller Ruhe fürs Wochenende einrichten. Gerade jetzt, wo wir alle zusammen frei haben.“

Es war acht Uhr früh und die Morgensonne stand verheißungsvoll am Himmel. Es war ein wirklich nettes Angebot von Paul Perlig gewesen, sein Ferienhaus zur Verfügung zu stellen, um den verdorbenen Kurzurlaub nachzuholen. Und die Rhön war ja nicht zu verachten. Landschaftlich, wie Kristin Kuhl dachte. Kulinarisch, worauf sich Wolfhard Kuhl besonders freute. Und die schönen Motorradstrecken, was Gerri schon mit der Zunge schnalzen ließ. Endlich mal wieder gescheit um die Ecken rasen ...

Gerris Freude war im Moment allerdings etwas gedämpft. Er war von Paul eingeweiht worden und wusste, dass die Oldtimer noch da waren. Die wollte Karlo erst im Laufe des Tages abholen, da er glaubte, dass Kuhl mit Familie erst am späten Abend in Steinbach ankommen würde. Und der ganze schöne Plan könnte scheitern, wenn sie gerade in dem Moment dazukämen, in dem Karlo die Maschinen einladen würde. Aber sein Vater, so dachte Gerri, war wohl jetzt nicht mehr von seinem Plan abzubringen, zumal Kristin Kuhl auch ganz begeistert war. So würde er improvisieren müssen.

„Klar“, sagte er locker, „da können wir vielleicht auch noch eine schöne Rhön-Tour machen. Also was ist? Laden wir auf?“

Gerri wartete die Antwort nicht ab, ging aus dem Zimmer und schaltete sein Handy an. Dann wählte er Karlos Nummer. Was er hörte, gefiel ihm nicht!

Dieser Anschluss ist vorübergehend nicht erreichbar.

Na toll. Und jetzt?

–

Karlo schaute auf die Uhr im Armaturenbrett von Reinfelds Transporter. Es war genau elf Uhr, als er vor Pauls Haus in Steinbach anhielt. Er drehte, um für die Rückfahrt gleich in Fahrtrichtung zu stehen. Fluchtinstinkt. Dann stieg er aus und pfiff leise und vergnügt vor sich hin. Jetzt würde alles gut werden. Er zückte den Schlüssel, den er nach der Aktion wieder bei Sina abzugeben gedachte und öffnete das Eingangstor.

„Vau-Zweizylinder“, dachte er, noch immer bester Laune, als er das typische Blubbern hörte. Dann lief ihm eine Gänsehaut über den Rücken. Das waren doch nicht etwa schon die Kuhls? Die wollten doch erst am Abend ...

Karlo stand wie erstarrt vor dem Tor, als er Gerri auf seiner neuen Suzuki erkannte. Gerri bremste neben dem Transporter, schaltete den Motor ab, sprang von der Maschine und riss den Helm vom Kopf.

„Der Schlüssel war nicht bei Sina. Da hab ich mir gedacht, dass du schon hier bist. Los, Karlo, schnell, meine Eltern müssen gleich hier sein. Ich bin vorgefahren, für alle Fälle. Na, mach hin, schließ den Schuppen auf!“

Karlo erwachte blitzartig aus seiner Starre. Er rannte los und öffnete den Schuppen. Dann flitzte er zum Transporter und begann an der Ladetür zu hantieren.

„Fang schon mal an, die Dinger rauszufahren. Ich lass in der Zwischenzeit die Ladefläche runter."

Zweimal hatte Karlo die Hubfläche schon betätigt. Nur die wunderbar restaurierte Horex Regina stand noch in der Sonne und glänzte. Karlo hatte angefangen, die verladenen Maschinen an der Bordwand zu befestigen.

„Mensch Karlo, lass uns erst mal alle Maschinen verladen, bevor du anfängst festzugurten. Dass wenigstens alles von der Straße ist, wenn meine Eltern auftauchen."

Karlo ließ die Hubfläche wieder nach unten und Gerri schob das alte Bad Homburger Produkt drauf. Die Ladefläche hob sich wieder. Gerri sprang schnell wieder auf die Straße, als er den typischen BMW-Zweizylinder-Klang erkannte.

„Karlo, da kommen sie, mach schnell. Und überleg dir schon mal, was du meinem Alten erzählst ..." Gerri lief um den Transporter herum. Zuerst sah er die Virago 535 seiner Mutter. Dann bog auch sein Vater auf seiner R1150R um die Ecke. Als seine Eltern die Helme absetzten, hörte Gerri, wie die Rückwand des Transporters mit einem metallischen Klacken schloss.

„Ist das nicht Herberts Laster?" Kuhl lief seinem Sohn erstaunt entgegen. Gerri wollte gerade etwas entgegnen, da kam Karlo um das Auto gelaufen.

„He, Wolfhard, Kristin, schön euch zu sehen. Hier, ich hab den Schlüssel für euch." Karlo schwenkte ein kleines Mäppchen in der Luft. „Ich habe nur ein wenig Platz im Schuppen gemacht. War jede Menge Schrott drin, und Paul meinte, es wäre gut, wenn ihr eure Mopeds unterstellen könntet. Ich fahre das Zeug jetzt zum Müllplatz."

Dieses Mal wurde Karlo nicht mehr rot. Er log allerdings auch für einen guten Zweck.

Kristin Kuhl winkte dem Transporter arglos hinterher, als er losfuhr und behutsam um die Ecke bog. Karlo sah sie im Rückspiegel, wie sie auf der Straße vor Pauls Wochenendhaus stand und mit beiden Armen in der Luft fuchtelte. Puh, das war knapp gewesen. Er würde vorsichtig zum Parkplatz vor der Milseburg fahren und dort die Maschinen fachgerecht festzurren, damit auf dem Weg nach Rumpenheim nicht noch das eine oder andere verschrammt wurde.

Wolfhard Kuhl stand mittlerweile im Schuppen und begutachtete das Holzgebäude fachmännisch.

„Das gäbe ja eine tolle Werkstatt. Und hier hebt Paul alten Schrott auf? Was für eine Verschwendung. Na, der kocht ja auch lieber. Das kann er wohl erheblich besser als kaputte Getriebe reparieren."

Kuhl wurde plötzlich unruhig. Er hob den Kopf und schnupperte. Irgend etwas Bekanntes lag hier in der Luft. Eine wohlige Gänsehaut lief über seinen Körper. Aus dem Dunkel des Schuppens heraus sah er Kristin und Gerri, die immer noch auf der Straße standen und sich unterhielten.

„Also, wenn ich es nicht besser wüsste", rief er ihnen zu, „würde ich behaupten, es riecht, als hätten hier drin eine Zeitlang alte Motorräder gestanden. So ein Quatsch, was? Na, wer weiß, was Paul hier für ein Zeug gestapelt hatte. Vielleicht alte Ölfässer?" Kuhl lachte laut wie über einen guten Witz. Dann kam er wieder aus dem Schuppen herausgetrottet.

„Na, auf gehts! Wir bringen schnell unsere Klamotten ins Haus und dann suchen wir uns einen schönen Landgasthof. Mir knurrt der Magen wie verrückt. Bei dem Wetter könnten wir uns auch raussetzen. Wie wärs denn mit dem schönen Gasthaus in der Nähe von Tann? Die kochen gut und da gibt es doch auch dieses nette Biergärtchen ..."

„Genauso machen wir es, Dickerchen, genau so!" Gerri stand erleichtert neben seinem Vater und tätschelte liebevoll dessen umfangreichen Bauch.

Sonntag, 1. Juni

21

Wolfhard Kuhl lenkte seine BMW sehr zufrieden die Bürgeler Straße in Rumpenheim entlang. Das war mal wieder ein gutes Wochenende gewesen. Ein bisschen Wandern und Motorradfahren, ein bisschen Faulenzen und überdies das gute Rhöner Essen. Diese genialen Landgasthöfe! Wenn er sich konzentrierte, schmeckte er noch den tollen Rhönlammtiegel vom Mittag. Ein Gericht, bei dem das Lammfleisch vor dem Braten in einen Sud aus Apfelwein und Honig eingelegt wurde. Das fertige Ragout wurde dann mit breiten, geschmälzten Nudeln serviert. Keine Frage, das hatte völlig anders geschmeckt als in den Vogesen. Aber auf jeden Fall genauso gut. Und irgendwie passte es zu Land und Leuten.

Jetzt fehlte nur noch, dass die Polizei seine Oldtimer gefunden hätte, überlegte er. Nicht dass er übertriebene Hoffnungen hegte, nein, aber es wäre eben schön gewesen. In Gedanken versunken übersah er beinahe den weißen Lieferwagen mit der Aufschrift *Reinfeld Mechanische Werkstätten*, der ihm auf der anderen Straßenseite entgegenfuhr. Das wilde Gefuchtel seiner Frau Kristin, die vor ihm fuhr, riss ihn aus seinen Gedanken.

„War das eben nicht Karlo?“, dachte Kuhl. Aber was sollte der denn hier wollen? Doch hoffentlich nichts von ihm. Der war imstande und legte noch den ganzen Stadtteil lahm.

Ein leichter Schauer lief Kuhl über den Rücken, die gute Laune hatte mit einem Mal nachgelassen. Doch dann verdrängte er seinen aufsteigenden Ärger. Sie bogen zusammen links in die kleine Seitenstraße ab und kamen nach ein paar Metern am gemeinsamen Haus der Kuhls zum Stehen. „Jetzt gibt es erst einmal einen schönen Kaffee", freute er sich, als er den Helm vom Kopf gezogen hatte. Kuhl griff in die rechte Außentasche seiner Motorradjacke und entnahm seinen Schlüsselbund. Er suchte den Schlüssel für das Flügeltor heraus und versuchte, ihn im Schlüsselloch zu versenken.

„Verfluchter Mist, warum passt das Ding denn nicht? " Mehr wütend als erstaunt betrachtete er den Schlüssel. Kein Zweifel möglich, das hier war der richtige!

„Was ist los, Vatter, funktioniert dein Schließmuskel nicht richtig?" Kuhl ignorierte die grinsend vorgetragene Frechheit seines Sohnes und wandte sich an seine Frau.

„Kristin, gib mir doch mal bitte deinen Schlüssel. Irgendwas stimmt nicht, hier, mit diesem Ding."

„Hast du auch den richtigen Schlüssel ..."

„Kristin, bitte, den Schlüssel ..." Ein zartrosa Schleier der Ungeduld hatte sich auf Kuhls Gesicht gelegt.

Kristin Kuhl indes wühlte hektisch in ihrem Tankrucksack. „Einen Moment", gab sie gereizt zurück. „Ich muss erst einmal gucken, wo er ist. In meiner Tasche ist er auf jeden Fall nicht. Vielleicht hast du ihn ja eingesteckt?"

Der letzte Satz zündete an Kuhls ganz privater Wutrakete die Zündschnur der ersten Stufe. Gerri kannte diese Anzeichen und ging ganz ruhig an den rechten Seitenkoffer am Motorrad seiner Mutter. Er öffnete ihn und entnahm die grüne Jacke seiner Mutter, griff in eine der Taschen, zog ein rotes Schlüsselmäppchen hervor und hielt es in die Luft. „Hier, den hast du doch in deine Jacke gesteckt, als wir weggefahren sind. Erinnerst du dich nicht? Du hattest ihn doch noch gesucht und ihn dann auf der Ablage im Bad gefunden ..."

Kuhl grinste inzwischen wieder breit und setzte an etwas zu sagen, doch Gerri wollte keinen Streit und löschte stirnrunzelnd mit einem leichten Kopfschütteln die Zündschnur an Kuhls Wutrakete.

„Lass mich mal!" Gerri schob seinen Vater zur Seite und versuchte, den Schlüssel ins Schloss zu bekommen. Doch auch er scheiterte. Er schaute sich das Schloss genauer an. „Das ist doch komisch, Vatter, guck mal hier. Ist das hier das Schloss, das wir eingebaut haben? Das sieht doch ganz anders aus. Das ist ja von einer anderen Firma."

Gerri schauspielerte gut. Er nahm den Schlüssel für die normale Eingangstür und steckte ihn hinein. „Der passt noch. Das ist ja auch das alte Schloss. Komisch."

Im Dauerlauf rannte er zur Garage hinüber, damit Kuhl sein verräterisches Grinsen nicht sah. „Hier ist auch ein anderes Schloss drin, das gibts doch nicht, was ist denn hier los?"

Kuhl stand stocksteif am Eingang und verstand die Welt nicht mehr. Langsam kam er näher. Da traf ihn der nächste Schlag. Als er flüchtig links neben die Garage schaute, entdeckte er es.

„Die Fliesen!", stieß er verzweifelt aus „Die Fliesen für den Garagenboden sind weg! Weg, einfach weg! Da will mich einer fertig machen, ich dreh noch durch!" Kuhl fuchtelte mit den Armen und wusste nicht wohin mit seiner hilflosen Wut.

Kristin Kuhl stand währenddessen vor dem Briefkasten.

Neugierig studierte sie den kleinen Zettel, der daran klebte. *Fam. Kuhl, bitte in den Briefkasten schauen,* stand mit schwarzem Filzstift, offensichtlich in hastiger Eile hingeschmierten Buchstaben, darauf geschrieben.

Folgsam öffnete sie daraufhin den Kasten. Eine zerknitterte Werbezeitschrift fiel ihr entgegen, und beinahe hätte sie in der denkwürdigen Situation den braunen C5-Umschlag übersehen, der vor ihr auf den Boden fiel. Aber die Tatsache, dass der Umschlag bei der Berührung mit dem Boden ein metallisches Klickern verursachte, lenkte ihren Blick nach unten. Sie bückte sich und hob den Umschlag auf. Verständnislos las sie die Aufschrift.

Ich hoffe, es ist alles so geworden, wie du es auch gemacht hättest. Viel Spass damit! Und nix für ungut!

Keine Anrede, kein Absender.

Kristin konnte überhaupt nichts mit dieser Aussage anfangen. Sie reichte den Umschlag stumm, aber mit vorwurfsvoll fragendem Blick an ihren Mann weiter. Der zumindest schaffte es, das Kuvert aufzureißen. Er schaute hinein und ließ den Inhalt in seine linke Hand gleiten.

Zwei neue Sicherheitsschlüssel. An beiden war ein Schlüsselanhänger aus Plastik befestigt, mit einem dieser Kennzeichnungsfensterchen, in die man ein beschriftetes Papier einschieben konnte. In dem einen konnte man lesen „Garage“, in dem anderen „Tor“. Das war alles.

Gerri war zu seinem erstaunt dreinblickenden Vater getreten und versuchte, ebenso verwundert auszusehen.

„Dann probiers eben mal aus“, drängte er seinen Vater nun ungeduldig, „vielleicht passen die Schlüssel. Dann sehen wir doch, was los ist.“

Zögernd näherte sich Kuhl seiner Garage. Er nahm den

Schlüssel mit der entsprechenden Aufschrift und versuchte ihn ins Schloss zu stecken. Leicht glitt er in die Absperrvorrichtung hinein. Er drehte ihn zweimal im Uhrzeigersinn, dann zog er beide Torflügel auf. Ein spitzer Schrei seiner Frau ließ ihn zusammenzucken. Er schaute über die Schulter zurück zu Kristin. Die stand starr mit ungläubigem Gesicht hinter ihm und deutete mit der Hand in die Garage. Einen verständlichen Ton bekam sie dabei nicht heraus.

Kuhl drehte sich wieder um und starrte ins Halbdunkel der Garage. Sein Herz begann bedenklich zu hüpfen, als er sah, was sich in ihrem Inneren befand. Als Erstes registrierte er eine sehr alte, aber bestens restaurierte Megola mit Sternmotor am Vorderrad.

Seine Megola!

Und eine Wanderer, ein D-Rad, eine Horex Regina ...

Er hatte sich noch nicht erholt von dem Anblick, da fiel sein Blick auf den Garagenboden.

Die Fliesen!

Da hatte jemand die Bodenfliesen verlegt!

Die er schon lange selbst verlegt haben wollte, und es dann doch nicht geschafft hatte.

Wie ein Schlafwandler schwebte Kuhl in seine geliebte Garage. Hörte nicht mehr, wie sein Sohn sagte, er würde schon mal Kaffee machen. Sah nicht mehr, wie Gerri dann auf seine Mutter einredete und sie am Arm zum Hauseingang zog. Schlafwandler sollte man besser nicht stören, war das nicht so?

Kuhl saß mittlerweile wie eine Reiterin im Damensattel auf seiner wunderschön restaurierten Horex. War inzwischen schon mehr glücklich als verwirrt. Streichelte zärtlich den verchromten Tank, mit den von Hand gezogenen roten Zierlinien an der Seite. Lief ihm da eine Träne aus dem linken Auge? Das konnte doch nicht sein, doch nicht bei Kuhl!

Wer aber ganz genau aufpasste und angestrengt lauschte, konnte verstehen, was Kuhl mit einem kleinen versonnenen Lächeln nun vor sich hinmurmelte.

„Karlo! Karlo Kölner! Du verdammter Schlawiner. Wenn ich dich in die Finger kriege ..."

Auf ein Wort

Personen und Handlung dieser Kriminalgeschichte sind frei erfunden. Ähnlichkeiten mit lebenden Personen und Geschehnissen sind zufällig und unbeabsichtigt.

Beabsichtigt hingegen ist mein Dank an meine Freundin Silvia, die mich während des Schreibens auch dieses Mal unterstützt und ertragen hat und mir trotzdem freundlich gewogen blieb.
Erwähnt sei aber auch nicht zuletzt mein guter Freund Reiner, der einigen Wortmüll aus meinem Manuskript selbstlos auf seinen privaten literarisch-grammatikalischen Wertstoffhof geladen und so meiner geschätzten Lektorin einiges an Arbeit erspart hat.

Der Autor